AF390807

CONFESSION PRIAPALE

Roman classique érotique

Écrit par
Le Nismois

RETROUVEZ TOUS NOS GRANDS CLASSIQUES ÉROTIQUES

GRANDS *classiques* .com

sur www.grandsclassiques.com

Prologue

Un grand philosophe a dit que, comme l'esprit, la queue pensait.

Profonde vérité que cette assertion !

La queue pense ; seulement elle est tributaire de l'esprit et celui-ci la sauce souvent dans des trous qu'elle dédaignerait s'il la consultait.

D'après cela, on ne s'étonnera pas que, parlant de l'heureux mortel dont j'ornais le dessous du ventre, je le qualifie du titre de « mon maître ».

Mon maître ! Oh, il l'était bien, et maintes fois je lui gardai rancune des tours qu'il me joua.

Mais ce n'est pas pour écrire des récriminations avant l'heure, que je commence cette confession. Entrons dans le récit des hauts faits qui illustrèrent ma carrière.

J'espère, ô mes adorées lectrices, que la fidèle narration de mes aventures vous intéressera, et vous poussera à être douces et clémentes envers mes frères, les autres priapes.

Sachez ceci, mes chères belles, une queue n'a été créée et mise au monde que pour enfourner le plus de cons possible, et un con n'est digne d'appartenir à une jolie femme qu'autant qu'il refuse le moins possible de queues.

Tout ce qu'on vous dira contre cette maxime n'est que de la pure blague.

Seuls les gens qui éprouvent des difficultés à baiser désirent empêcher de baiser ceux qui sont en état de le faire.

Chères chéries, vous ne vous douterez jamais de l'effet que nous produit votre beauté, alors que nous sommes cachés dans la culotte de notre maître : vous ignorerez toujours le supplice de Tantale qu'est le nôtre, tandis qu'il hésite à déclarer sa flamme, au moment même où nous aspirons déjà toutes les divines promesses de votre adorable conin !

L'imbécile, l'animal vous conte des histoires sentimentales à dormir debout, et nous, nous battons la générale, crachons sur l'odieux pantalon qui s'oppose à notre sortie ; nous maudissons les étoffes qui recouvrent votre corps et nous séparent de vos cuisses, de ces trésors que nous fêterions sans retard et à grands esbattements.

Ô ces braguettes d'homme, ces jupons de femme, celui qui les inventa dans un jour de malheur aurait mérité de recevoir en plein gosier tout le purin féminin et tout le purin masculin.

Lisez ceci, mes charmantes, et tirez-en votre profit, afin que vous soyez tirées autant de fois que l'exige l'incontestable splendeur de vos formes.

Ne connaissant autre chose des conventions qui régissent les sociétés, que pour en avoir souffert, je les mépriserai, suivant la coutume de tous les bons fouteurs, et ne vous cèlerai aucune de mes pensées.

La queue pense comme l'esprit, ne l'oubliez pas.

1

Une moisson de sperme féminin

Dès ma première enfance, j'eus des frétillements pour toutes les petites filles qui passèrent à côté de mon maître.

Je dois dire qu'il ne perdit aucune occasion de montrer que j'étais son plus cher bijou. Il écouta religieusement tous mes précoces désirs.

Bien des fois, caché derrière une haie, ou même dans une cave, voire dans un grenier, il m'exhiba en présence de jeunes culs qui ne demandaient pas mieux que de se laisser frotter du bout de mon panache.

Ce fut une belle période, pas trop agitée, je l'avouerai, qui se termina brusquement.

L'internat dans un lycée nous réclamait : hélas, nous y observâmes une sagesse exemplaire.

Mon maître méritait l'auréole d'un saint lorsqu'il fit sa première communion.

De cette époque, je ne me rappelle que mes longues somnolences.

Existais-je ? Je ne le sais, mais rien ne troublait ma morte quiétude.

Soudain, des chatouillements inconnus me grattèrent au dedans, je redressai la tête, adieu le sommeil, il se dissipa par enchantement.

Tout à fait éveillé, je me rendis compte de mon importance, et ma vraie vie commença. Des années s'étaient écoulées, pendant lesquelles je ne sortis du pantalon de mon maître que pour rejeter l'urine qui l'incommodait.

Enfin, je vivais !

Notre excessive réserve prit fin, un beau soir à la cuisine, où Julien (c'était le nom de mon maître), saisit tout à coup par la taille Mariette, la cuisinière, et l'embrassa sur la nuque.

Cette taille ainsi pressée me produisit l'effet d'un coup de foudre.

Je m'allongeai démesurément dans la culotte, et quand mon maître l'embrassa, je faillis briser tous les boutons qui s'opposaient à mon impérieux désir de bondir en avant.

Mariette était une belle fille de vingt ans, endiablée créature, experte non seulement dans l'art de confectionner ses ragoûts, mais aussi très ferrée sur tous les chapitres de l'amour.

Elle reçut bravement le baiser, se retourna dans l'intention de se fâcher, de rabrouer le jeune audacieux, et il arriva que ses lèvres rencontrèrent celles de mon maître.

Oh la coquine ! Elle les mordit, et Julien daignant comprendre les excellents conseils que suggéraient entre ses cuisses mes entrechats, attrapa les doigts de la perfide et me les expédia.

Ce que je fis le superbe, vous vous en doutez, jeunes mâles qui courrez après les fillettes, et leur retroussez les atours !

Mariette s'apprivoisa, me palpa, me caressa gentiment, rendit ses caresses à mon maître, et lui dit :

— Quittez vite ma cuisine, Monsieur Julien, il ne faut pas que vos parents nous surprennent, je vous attendrai cette nuit dans ma chambre.

Cette douce promesse ne me satisfit qu'à demi.

Des doigts de Mariette, je comptais bien glisser, séance tenante, sous ses jupons je respirais déjà la femme, de toute la force de mon gland.

Elle me gratifia d'une dernière tape amicale, et ajouta :

— À bientôt, mauvais sujet.

Man maître enragé essaya de lui rendre sa politesse, en envoyant la main sous ses atours afin de peloter les fesses et le conin, elle pirouetta sur elle-même avec mille grâces (les femmes qu'on désire sont toujours gracieuses), et esquiva la visite.

— Non, non, s'écria-t-elle, pas de bêtises, ne compromettons rien, ayez de la patience.

Une maîtresse créature que Mariette !

La soumission s'imposait.

Si le temps me parut long, point n'est besoin de le démontrer !

En tapinois, sur les onze heures du soir, Julien pénétra dans la chambre de la belle.

Dormait-elle, à l'abri de ses yeux fermés !

Nous nous en inquiétâmes fort peu.

La moitié du buste reposait hors des draps, découvrant une des plus jolies paires de tétons que puisse rêver un collégien émancipé.

La porte refermée, mon maître, pas du tout un imbécile, s'approcha de ces nénés tentateurs, les embrassa, et vit alors s'ouvrir les yeux de la soi-disant endormie.

Que faites-vous là, Monsieur Julien, demanda-t-elle ?
— Je baise tes tétés.
— Et vos mains dans mes cuisses !
— Caressent ton minet.
— Il y a de quoi garnir un manchon.
— Montre-moi la couleur qu'ils ont.
— Fourrez-y le nez, vous le saurez.
— Ce n'est pas le nez que j'y fourrerai, mais bibi.
— Bibi !
Bibi, c'était moi ! Mon maître me donna ce jour-là ce nom d'amitié, et me le conserva pour les grandes occasions.

Il se déshabilla en moins d'une minute, et se coula dans le lit de Mariette.

Pour la première fois, j'approchai d'un ventre féminin.

L'impression fut des plus agréables.

Je perdis mon pucelage, et, je le dirai à ma louange, j'eus tous les honneurs de la fête.

Pas de faribolages qui auraient retardé mon action.

Dans toute la personne de mon maître, aucun rival, à l'exception des mains, ne disputa mon plaisir ! Celles-ci pelotèrent ferme et facilitèrent ma besogne.

J'enfourchai gaillardement un con tout bouillant, et qui s'ouvrît largement pour me recevoir.

J'entrai et sortis en coq de cette fournaise.

Entre deux assauts, j'examinai les poils et le cul.

L'examen me plut beaucoup, et je montrai à ma gentille compagne que je savais me comporter en gentleman.

Mon maître me laissa la bride au cou, il ne se repentit pas de ma vaillance.

Je répandis des flots de sperme à inonder les matelas et la paillasse ; on ne se sépara qu'au bon matin.

Entré dans ce premier ventre de femme, je n'aspirai qu'à y retourner.

Je n'eus pas à me plaindre de ce début. La belle Mariette, satisfaite de mon service, ne perdit aucune occasion de me témoigner tout son contentement.

Dès que le plus petit isolement se produisait autour de nous, elle fourrait la main dans la culotte de Julien, me prenait dans ses doigts, me sortait hors de ma cachette, et me caressait, en disant :

« Comment va mon gentil mignon ? Sera-t-il bien dur cette nuit ? il ne se fatiguera pas de sa Mariette ! veux-il que je l'embrasse bien tendrement ? »

Et en joignant l'action à la parole, elle approchait les lèvres de mon gland.

Une savante sucée, trop rapide hélas, pour éviter d'être pincés terminait le discours. Cette sucée exaltait mon orgueil. La nuit, nous ne songions qu'au con, et on ne se régalait pas des morceaux sucrés de la grande oie.

Les lèvres m'abandonnaient après trois ou quatre lippées, je me gonflais, devenais magnifique, tant et si bien que sur les supplications de mon maître, la charmante enfant se décidait à se retrousser une seconde par devant, et à me serrer le temps d'échanger un baiser, entre ses cuisses brûlantes.

Oh, quelle toison et quelles cuisses !

Certes, depuis j'en ai bien contemplées, et des fines, et des aristocrates, et des fortes et des maigres, et des grasses et des fluettes, et des plébéiennes, et des blanches, et des brunies, aucune ne me semblèrent jamais renfermer tant de promesses !

J'aimais à baisoter les poils, à me reposer sur la chair douce et satinée du ventre, à aspirer les plis avant-coureurs de la mystérieuse grotte où m'attendait une ample moisson de sperme féminin ! J'aimais à m'égarer sous les jambes, à apercevoir les promontoires inexplorés des fesses ! Je poussais la hardiesse jusqu'à saluer le trou du cul, mais je n'allais pas plus loin !

Le soir, dans le lit, lorsque je me livrais à de savantes investigations, avec la ferme espérance de découvrir de nouvelles régions voluptueuses, mon maître se hâtait de me rappeler à l'ordre, en me dirigeant dare-dare sur le con, et je m'y engloutissais, tout affamé de sensualités.

Puis, mes ébats accomplis, les deux amants discouraient de cochonneries. Mariette achevait l'éducation de Julien, lui apprenait les mots qui me désignaient et dont il ne connaissait encore qu'une faible partie, elle nomenclaturait ceux du con, mes ardeurs se ravivaient, nos joyeux et interminables trémoussements reprenaient, en jouissant sans se lasser.

Nous abusâmes de ces bonnes choses.

La santé de mon maître s'altéra, ses parents s'en émurent, un médecin fut mandé.

Son œil expérimenté ne s'égara pas sur la cause de nos fatigues.

On nous surveilla, on nous surprit, et on flanqua Mariette à la porte.

Ah, nous ressentîmes un chagrin si grand que nous boudâmes plusieurs jours.

Impossible de retrouver la pauvre fille !

Je crois qu'on l'expédia à son village, avec une forte somme, qu'elle s'y maria, et… qu'elle nous oublia.

Ainsi va la vie !

2

Différence entre le con d'une putain et celui d'une honnête femme

Des histoires banales succédèrent à cette première aventure.

Nous observâmes une sagesse de quelques semaines ; puis, nous reprîmes notre volée.

Des amis de Julien le conduisirent au bordel.

Mon Dieu, cette question du bordel, il faut bien la toucher, puisqu'elle a joué son rôle dans ce qu'on appelle nos fredaines, comme elle le joue dans l'existence de tous les autres priapes.

Je mentirais, si j'affirmais que je n'éprouvai aucun agrément à fréquenter ces cons payés à vil prix.

Et, le chapitre entamé, philosophons sur la chose !

L'homme jette la pierre à toutes les femmes qui se prostituent plus ou moins richement :

Que ferait-il si elles n'existaient pas ?

L'homme est un imbécile.

Car, lorsqu'on condamne une chose, on ne s'en sert pas, et on n'en trouverait pas un seul qui, une fois dans sa vie n'eut eu recours à un con de passage.

Voyons, quelle différence y a-t-il entre le con d'une putain et celui d'une honnête femme ?

Une très grande, toute à l'avantage de la première :

En général, le con d'une putain est très propre, très soigné, très parfumé, très savant, par cela qu'il est très couru ; celui d'une honnête femme, sauf dans les classes élevées ou instruites, est très peu alléchant, souvent très contracté, toujours très embêtant.

Je parle en priape n'empruntant pas un masque hypocrite, et ne se targuant pas d'une morale qu'il ne comprend pas.

L'homme est créé pour baiser, la femme pour être baisée, ne perdons jamais cela de vue.

Tout le reste est de la fantasmagorie, que ce soit édicté par les lois religieuses, politiques ou sociales, ou que ce soit accepté par les conventions personnelles.

Il n'y a pas de jalousie possible pour un priape dans l'acte d'enfourner un con, pas plus qu'il n'y en a pour un con à voir enfourner un autre con.

Il faut la bêtise masculine pour avoir inventé la liberté de l'acte d'amour.

J'avoue que dans tous les cons que je visitai au bordel, j'eus nombre de jouissances infinies.

Toute la vie d'une femme se concentre dans son con.

On prétend que la femme est faite pour l'amour, dites qu'elle est faite pour être enconnée ou enculée.

Et oui, toute sa pensée gît sur ce point.

Quand on ne la sert pas à sa soif, elle s'étiole et retourne la méchanceté aux races humaines.

D'ailleurs, Messieurs les savants et les législateurs ont tôt raisonné en avançant que la femme constitue une des deux parties de l'humanité, qu'elle est créée d'une côte détachée de l'homme, et qu'elle lui est inférieure.

La femme représente une création particulière, à part, aussi bien que l'homme, et, pour passer par le même moule, de naissance, elle n'en est pas moins à tous égards différente de l'homme.

C'est si vrai, que si la femme avait été dominatrice en ce monde, au lieu de l'homme, on aurait appelé l'humanité la féminité, et non l'humanité.

Orgueilleux jeunes gens, courbez le front, comme le fier Sicambre, mais levez haut la queue en l'honneur du beau sexe, vous ne vous en plaindrez pas.

Je n'analysais pas ces hautes pensées en bourlinguant un con de putain, mais je trouvais la chose bonne tout de même, et à en enfiler deux grandes douzaines, j'acquis une sérieuse expérience de cons et de culs, que je souhaite à tous mes confrères, je devrais dire à tous mes *queufrères*.

Pas de soucis dans ces relations !

Mon maître ne s'occupait que de mes petites satisfactions.

Il vidait avec méthode le trop plein de sperme qui encombrait nos magasins, les couilles.

J'admirai, durant cette période, des poils roux, bruns, blonds, châtains, dorés, épais, touffus, raréfiés, des cons de toutes les envergures, des fesses pointues, rondes, dodues, maigrelettes ; des cuisses de toutes les dimensions, des peaux et des chairs de toutes les qualités, des Vénus et des Mignon, tout me parut excellent, j'eus une délectable série, et toujours pas de rivaux dans le corps de mon maître, comme il m'en survint par la suite.

On ne saurait s'imaginer combien le jeu dénommé la grande Oie nous occasionne de l'ennui et de l'ombrage.

Cependant, à son heure, je le reconnais, il offre un fameux stimulant. L'essentiel consiste à ce qu'il n'empiète pas sur le rôle principal d'un honnête priape.

Cette vie de patachon pour mes excursions amoureuses se prolongea au-delà de deux ans.

Puis, le hasard, qui n'en fait jamais d'autres, nous mit en présence de l'une de ces petites contre le cul desquelles je me frottais au temps de la première enfance.

Clotilde Béraud était une jeune fille charmante de dix-huit ans, employée dans un magasin de pianos.

Très bien élevée, d'excellente famille, quoique de parents ruinés, on l'avait placée dans le commerce, à cause de ses talents musicaux, avec l'espoir qu'elle s'y édifierait un avenir, soit comme professeur de musique, soit par la rencontre de quelque riche client qui l'épouserait.

Il y a des illusions qui sommeillent derrière toutes les pierres de Paris.

Un soir que mon maître s'ennuyait seul, il entra dans le magasin pour louer un piano, et il reconnut de suite Clotilde qu'il avait vue du reste quelques mois auparavant.

Le récit de la cour amoureuse qui résulte de leur conversation serait un roman tout à fait déplacé pour ces pages.

Quinze jours après, Clotilde acceptait en rendez-vous chez Julien, et je baisais le plus ravissant conin qu'on m'eût présenté jusqu'à cette heure.

O la belle et délicieuse créature !

Devant cette chair jeune, ardente, vibrante de passion, non encore déflorée, les appétits sensuels naquirent, violents, irrésistibles, inextinguibles, et je m'enivrai de toute sa personne.

Les termes amicaux, dont elle se servît à mon égard, me rendirent complaisant au delà de mes devoirs, et pour être sucé par d'aussi jolies lèvres que les siennes je pactisai avec son adorable conin et consentis aux minettes dont mon maître la gratifia.

De ce moment datent mes tourments, mes accidents, mes malheurs, j'éveillai l'esprit de rivalité dans les autres parties du corps de Julien.

Plongé dans la plus délirante des voluptés, je ne m'inquiétais pas de l'adoration fervente avec laquelle mon maître encensait son gentil petit conin, je ne m'effrayais pas des stations que sa langue faisait dans la fente du cul, je ne m'effarouchais pas des pâmoisons qui le saisissaient les lèvres collées sur la pointe rosée des tétons, je ne m'affligeais pas de mes extases, lorsque, aux genoux de Clotilde, il s'emparait de ses mollets et les léchait sur tout leur contour, je ne me désespérais pas de la manière affolante avec laquelle il lui broutait les poils du bas ventre.

Le soixante-neuf m'emportait au paradis des houris, et la sournoise étudiant ses effets, ses poses, ses jouissances, murmurait au milieu de nos félicités :

— Dis, est-il bien vrai que tu me trouves la plus belle de toutes ?

Mon maître répondait :

— Dis, crois-tu possible que Dieu, dans sa munificence, ait créé un cul aussi blanc, aussi satiné, aussi fin, aussi délicat, aussi réussi que le tien ? Crois-tu que pareil conin, si gracieusement entouré de cette toison frisée et dorée soit au monde ? Dis, ne doute pas de ma parole, nulle part ailleurs que la tête entre tes cuisses, ou sur tes fesses, je ne désirerais une mort subite, pour en emporter dans le ciel l'éternel souvenir.

— N'emporte rien, ne meurs pas, et que mes caresses répandent le bonheur en toi, comme les tiennes le répandent
en moi.

3
Le cul de Clotilde

Pour une telle maîtresse, mon maître se passionna de tête, et moi des muscles.

Nous trouvâmes interminables les moments passés loin d'elle.

De son côté, elle nous rendit la pareille.

Les deux amants, animés d'aussi tendres dispositions, négligèrent le travail.

Julien étudiait son droit.

Ses parents lui servaient une pension mensuelle de trois cents francs.

Ce n'était pas suffisant pour entretenir une femme de l'élégance et de la gentillesse de Clotilde.

Cependant, ils songèrent sérieusement à se réunir, Clotilde en abandonnant le toit paternel où elle continuait d'habiter, mon maître en délaissant ses cours.

Un événement inattendu se jeta en travers de ce beau projet.

Coup sur coup, le père et la mère de Clotilde moururent à deux mois d'intervalle, laissant à leur fille une somme de vingt mille francs, reliquat d'une ancienne et rondelette fortune, perdue à la bourse.

Ce petit héritage apparut comme une mine d'or inépuisable.

Clotilde abandonna le magasin de pianos, s'installa très coquettement, et s'arrangea pour avoir une année d'existence assurée avec le solde de ses vingt mille francs.

Elle voulait que Julien habitât avec elle.

Par un restant d'honnêteté sociale, mon maître refusa, promettant néanmoins à sa maîtresse de lui consacrer tout son temps.

Elle versa quelques larmes, puis se soumit à sa volonté.

Je crois que, déjà, une arrière-pensée germait dans son esprit.

Pourquoi ne s'épousaient-ils pas ?

Par la raison toute simple que les parents de Julien n'auraient pas donné leur consentement, et qu'ils se seraient empressés de supprimer la pension.

On a beau être amoureux, il faut bien calculer, puisque les lois de la sage humanité l'exigent.

À user sans répit des mêmes mets succulents, l'estomac s'affadit.

Le même phénomène se produit en amour.

Non pas que Julien et Clotilde se dégoûtassent des jolis exercices auxquels ils se livraient, mais parfois la fatigue survenait, et ils s'endormaient sans réaliser les folies espérées.

La femme possède en passion plus de sang-froid que l'homme.

Clotilde comprit que son amour courait du danger, et comme elle tenait à son amant, elle le rationna, sous le prétexte qu'elle n'entendait pas porter tort à son avenir, et qu'il importait qu'il continuât ses études.

Mon maître avait reçu des lettres menaçantes de sa famille, il se résigna.

Du reste, eut-il insisté, que bien des fois il n'aurait pas rencontré Clotilde au bercail, celle-ci sortant pour se promener, ou chercher des élèves, car elle s'était résolue à professer la musique.

À partir de ces séparations plus ou moins longues, les conversations se ressentirent d'un changement de direction dans les idées.

On se lança moins dans les tirades amoureuses, dans les serments et les protestations de toujours s'aimer, on se complut davantage dans l'extatique languissance qui précédait le plaisir, on échangea ses impressions sur la vie des uns et des autres, on échafauda des projets de fortune, de bonheur, on examina les moyens de satisfaire ses fantaisies.

La bourse de Clotilde diminuait dans de redoutables proportions.

Elle forgeait mille rêves pour remédier à la pénurie d'argent qui approchait, elle parlait des gens qui l'accostaient dans la rue et dont elle se moquait, elle avançait cette énormité qu'elle adorerait bien son petit Julien s'il avait assez d'amour et de raison pour consentir à ce qu'elle choisisse un vieux qui l'aiderait.

Mon maître s'échauffait l'esprit à la dissuader de telles lubies, il se désolait, elle le comblait de caresses, de câlineries, de chatteries, et murmurait :

— Dis, mon amour, il y a un gros banquier qui m'a fait offrir tout ce que je désirerais, rien que pour me voir toute nue. Quel crime y aurait-il à ce qu'il me contemplât une seconde. Adieu les soucis qui me tourmentent. Tu ne te doutes pas combien on contente avec peu les idées cochonnes de ces vieux richards.

— Qui te l'a appris ?

— Je l'ai entendu raconter par une employée du magasin.

À la pensée qu'un autre homme admirerait ces trésors qui m'appartiennent, la folie me bouleverse l'esprit.

— Sois raisonnable, mon chéri. Si tu m'aimais bien sérieusement, tu craindrais la misère pour ta Titilde. Dis, ne m'aimes-tu qu'en égoïste ! Vois-tu, je te connais mieux que tu ne te connais. Je suis certaine que tu te consolerais vite, en te disant qu'un autre homme a admiré des richesses dont tu es le seul à jouir. Tu serais flatté, et m'aimerais encore plus.

— Dès qu'il t'aura vue, il demandera à te toucher.

— À me toucher ! Du moment où je ne le toucherai pas, où je serai comme une morte, qu'importe ! Si tu étais aussi ardent à mon égard que je le suis au tien, tu accepterais, ne serait-ce que pour entendre dire le bien qu'on penserait de mon corps.

— Je ne l'entendrais pas.

— Si fait. Un mot d'assentiment de ta part, et sous un prétexte quelconque, je te présenterai le banquier, auquel on aura raconté une histoire préparée à l'avance. Je me sens assez habile pour inventer une fable qui t'empêchera de me quitter une seule minute.

Elle tourna tant et si bien que mon maître consentit à se prêter à l'expérience.

Clotilde donna un rendez-vous au banquier, en le prévenant que si par hasard Julien était là, elle s'arrangerait pour qu'ils fassent connaissance ensemble ; ainsi il la rencontrerait ensuite plus facilement seule.

Le gros homme ne manqua pas l'occasion.

La fine mouche de Clotilde, étendue sur une coucheuse, connaissant l'heure exacte où Chrétien Swenderberg arriverait, avait arrangé son scénario, sans en prévenir mon maître.

Simulant un demi-assoupissement après avoir bien excité son amant, elle retenait entre les cuisses, sous la matinée à peine relevée, la main de Julien qui lui grattait le bouton.

La servante annonça soudain :

— Monsieur Chrétien Swenderberg.

Clotilde serra les cuisses pour que Julien ne retirât pas la main, et ordonna qu'on introduisit le visiteur, en murmurant à la hâte et tout bas à mon maître :

— Ne le renvoyons pas. Assieds-toi à mes pieds, et laisse ta main où elle se trouve. Il comprendra ainsi combien je t'aime, et il deviendra notre ami.

Très pâle, très décontenancé, Julien n'osa pas refuser.

Il lut dans les yeux de sa maîtresse qu'elle était décidée à tout braver, et il craignit de la perdre. Oh, Messieurs les hommes, avec toute leur fermeté, leur énergie, leur virilité, leur dignité, sont tous des lâches, quand ils tombent sous les jupes d'une femme !

Le banquier entra.

Son teint rouge, couperosé, rendu écarlate par la vue du tableau qu'on lui offrait, contrasta avec celui de Julien, aussi blanc que son linge.

Tout embarrassé de la situation, il s'assit guindé, raide comme la justice, sur une chaise, à côté de la coucheuse, et la conversation s'engagea.

Clotilde se plaignit d'un violent mal à la tête que calmait seul le magnétisme de mon maître, s'attaquant à ses jambes et favorisant ainsi la circulation du sang.

Dans le but d'aider à sa guérison, elle allongea l'une d'elles sur les genoux de Julien, et eut soin, la coquine, de dégager le mollet de dessous le peignoir, afin de l'étaler aux regards avides de Chrétien.

Ce mollet, nettement tracé, bien, cambré, bien affriolant, sous des bas de soie rose, exerça de suite la fascination qu'en attendait la coquette.

— Nous vous traitons déjà en ami, balbutia-t-elle dans un souffle, j'espère que nous le serons bientôt.

— Oh, j'y suis tout disposé, répliqua le banquier.

Il renifla comme un phoque, et, suant sang et eau, il comprit qu'une partie importante se jouait dans l'intérêt de la passion qu'il avait vouée à Clotilde.

Sous cette intuition, il décida de se contenter des miettes qu'on lui servirait.

La belle ajouta ces quelques mots :

— Ma tête, ma pauvre tête, comment la soulager ? Ah, mon dieu, si je sommeillais une seconde, peut-être le mal se calmerait-il ! Dites, Monsieur, causez avec Julien, je me tourne vers le mur pour que le jour ne m'incommode pas, je suis assurée d'être guérie avant que vous nous quittiez ? Vous me le permettez, n'est-ce pas ?

— Certainement, chère Madame, je suis vraiment confus de la bonté que vous avez eue en me recevant.

Clotilde tourna le dos avec assez d'habileté, et dit à voix imperceptible à son amant.

— Montre lui mon cul, il sera tout plein joyeux.

Dans la culotte de Julien je bondissais, frémissant, aspirant à ma curée.

Un moment indécis, mon maître se rendit compte qu'il fallait sauver la situation, très énervante, malgré tout, il cligna des yeux au banquier, un de ces clignotements intelligents qui signifiait :

— Mon cher, vous n'avez pas comme moi la main aux fesses de la belle, et je vous dois une compensation. Ma maîtresse dort sous la douleur que lui occasionne sa migraine, je vais vous récompenser. Ne faites pas de bruit, et suivez avec attention mes mouvements. J'espère que vous serez discret. Quand à moi, je ne suis pas fâché de vous montrer les trésors sur lesquels règne mon amour.

Chrétien Swenderberg, la face épanouie, saisissant qu'il avait affaire à un bon zig, ouvrit des yeux aussi perçants que la lumière d'un phare, et Julien commença la manœuvre.

Doucement, il ramena les jupes de sa maîtresse vers la ceinture, la retroussa avec adresse, et étala aux regards concupiscents de son rival les délicieuses et superbes rotondités que je considérais comme une province de mon empire.

Ô perfidie de mon maître !

Lancé sur cette voie, il ne s'arrêta plus.

Clotilde connaissait bien la crasse bêtise qui gît au fond de l'âme d'un homme.

Les regards admiratifs et passionnés du banquier le ravirent d'aise, loin de lui inspirer de la jalousie.

On eût dit, ma parole, que ce cul de femme était le sien, et que le frémissement sensuel qu'il inspirait à l'homme, appelé à le contempler lui revenait de droit.

Pris d'une sympathie subite pour ce goinfre de cochonneries, il l'invita à s'agenouiller et à baiser ces chairs blanches et rembourrées, mon bien, ma propriété.

Le bandit ne se fit pas prier.

Comme une masse il roula sur le tapis, ses grosses lèvres lippues parcoururent toute la raie, la belle entrouvrit un coin de l'œil, sourit à mon maître debout au haut de la coucheuse et paraissant savourer le spectacle.

Je n'y tins pas davantage, et d'indignation le foutre me partit, inondant toute la culotte du traître Julien.

Le scélérat voguait en aussi pleine béatitude que Chrétien, dont le visage empourpré ressortait sur la blancheur du cul qu'il dévorait de suçons.
— Merci, merci, murmura-t-il tout bas à Julien.
Le cul de Clotilde, comme s'il n'eut attendu que ce remerciement, s'arrondit, se développa, ondula, sans que l'homme, absorbé dans ses caresses, s'en aperçut.

Clotilde n'observait presque plus de mesure.

Les yeux ouverts et fixés sur ceux de Julien, elle élevait et abaissait la croupe, suivant les désirs de Chrétien, dont les mains la pelotaient sans opposition de la part des deux amants.

Elle s'excita au jeu, étendit avec nonchalance une main vers ses jupes, les retroussa par devant et souffla à mon maître :
— Maintenant, qu'il me branle !
Le tableau hypnotisait le maroufle !

Il s'approcha de Chrétien Swenderberg, et lui guida le doigt sur le bouton de sa belle.

Le pauvre sire eût une pâmoison.

La face collée contre ces fesses qui se prêtaient si bien à sa fantaisie, il agita avec fièvre son index entre les cuisses de la charmante sirène qu'on lui livrait, le glissa dans le conin, ce conin jusqu'alors mon sanctuaire aimé, et parvint à faire jouir la voluptueuse créature.

Quand le plaisir fût à son comble, Clotilde referma les yeux, non sans indiquer à mon maître par un signe rapide qu'elle allait simuler le réveil, et qu'il s'agissait de reprendre les positions respectives.

L'animal éprouva du regret à l'interruption de cette débauche. Ô les hommes !

Il toucha cependant le banquier à l'épaule, lui montra que Clotilde venait de porter la main à son front, que sans doute son sommeil cessait, et qu'il importait d'interrompre cette partie pour éviter une bouderie, ou une fâcherie.

Le même phénomène que j'avais valu à la culotte de Julien : s'était produit dans celle de Chrétien.

Il se soumit sans difficulté à la prière de mon maître, se rassit sur sa chaise, et Julien, d'un brusque mouvement rajusta de façon décente le peignoir de Clotilde.

Elle s'éveilla comme si elle sortait d'un doux rêve.

« Oh, dit-elle, ma migraine s'est dissipée ; vous avez été bien gentils, vous avez causé bas, je compte bien, Monsieur Swenderberg, qu'un de ces soirs vous nous procurerez le plaisir de vous avoir à dîner. »

Le bon homme s'inclina en signe d'acquiescement, on parla de la pluie et du beau temps, et il se retira.

Je l'avoue à ma honte, dès qu'il eut tourné les talons, les bras de Clotilde s'étant ouverts à mon maître, je tirai là un des plus beaux coups de mon existence.

4
Avec la bouche et avec la queue

Il arriva ce qui devait arriver.

Mon maître et Chrétien Swenderberg se trouvèrent au bout de quelque temps les meilleurs amis du monde.

Ça ne faisait pas trop mon affaire, car je déchargeais plus souvent à la charbonnière que dans le conin.

Clotilde était une véritable sirène.

On croyait tout ce qu'elle voulait qu'on croit.

Cependant Julien finit bien par s'apercevoir que l'intimité entre sa maîtresse et leur nouvel ami croissait de jour en jour, et que souvent il lui rendait visite, alors qu'il s'absentait.

Depuis longtemps, les conversations auraient dû l'éclairer.

Généralement Clotilde et le banquier se disaient la même chose en s'absorbant :
— Bonjour, mon joli cul, saluait Chrétien.
— Bonjour, mon joli feuilleteur, répondait Clotilde.
Puis, il soulevait les jupes, regardait les mappemondes, et ajoutait :
— On va les bécoter.
— Tant que vous voudrez.
— Avec la bouche ou avec la queue ?

— Avec la bouche et avec la queue.

Ah, on avait marché depuis la scène du sommeil ! On ne se gênait plus, et mon maître s'amusait énormément à tenir la chandelle.

Devant l'exaltation qui s'emparait du gros homme, après quelques longues léchades au trou du cul et sur toute la fente de Clotilde, il l'autorisait à promener sa queue dans tout le parcours de la raie, et à s'y masturber dessus.

Là où le bras a passé, tout le corps suit.

Julien riait fort de cet exercice, admirait le gonflement de la queue de son soi-disant rival, à mesure que les fesses de Clotilde se resserraient elles lui retenaient le gland, il approuvait la station qu'elle faisait en arrivant devant le trou du cul, où elle saluait l'autel de la félicité, selon l'expression de Chrétien ; puis il bavait réellement déplaisir lorsque le banquier à deux genoux, se reculant d'une ligne pour saisir sa queue, la masturbait à jeu rapide, les yeux écarquillés, écartant, au bon moment, avec ses doigts crispés, les fesses de la belle prosternée devant lui, afin d'éjaculer entre elles le flot de sperme qui se précipitait.

On m'accordait quelques bonnes compensations.

Lorsque le banquier se plaçait sur la croupe de Clotilde, mon maître s'installait sur un canapé, et celle-ci me suçait.

Cette scène surexcitait le plus Chrétien, et amenait promptement sa jouissance.

Les deux hommes jouissaient ainsi des plaisirs qu'ils se voyaient prendre.

Parfois le banquier me saisissait quand je m'apprêtais à entrer dans la bouche de la jeune femme, il roulait des yeux sur un mouvement aussi alerte qu'une toupie qui tourne, il s'affalait sur le cul de Clotilde, lequel recevait une ou deux gouttes de sperme.

Au milieu de ces ivresses partagées, la gêne de Clotilde disparaissait, son appartement se remplissait d'objets d'art, de tentures, de babioles.

Rien n'était ni assez beau, ni assez cher.

Les fleurs ornaient tous les coins et l'antichambre, le logement devenait petit.

Eût-elle trop tôt confiance en l'absolu aveuglement de son amant, elle lui parla de son désir de s'agrandir, de louer un hôtel.

Le coup de cloche secoua la torpeur de mon maître.

Il ne mesura pas de suite la signification de cette richesse subite, il pensa à des cadeaux de Chrétien, à des réussites de bourse conseillées par lui à Clotilde, il fallait le fait brutal pour qu'il fut fixé.

Un soir qu'il ne devait pas voir sa maîtresse, il se présenta chez elle, et la surprit toute nue, léchant le cul du vieux salot.

Il comprit qu'il ne jouait plus qu'un rôle auxiliaire dans leurs ébats, et il se fâcha.

Clotilde, qui avait été froissée d'être surprise dans cette position, se montra très dure à son égard, on échangea de gros mots, et on se quitta brouillés.

Je perdis là le joli conin, qui me donnai encore toutes sortes de délices, et je maudis la faiblesse de mon maître qui, en autorisant les premières caresses, amena le malheur qui nous frappait.

Peu de temps après, le baron Chrétien Swenderberg épousa Clotilde Béraud, et de longtemps nous ne nous revîmes plus.

5
Première leçon de masturbation

Le dénouement de cet amour jeta du froid dans le tempérament de Julien.

J'eus beau l'asticoter, il me rabroua de façon ridicule, et je baissais la tête, pleurant de honte et de désespoir.

Etait-il juste de rendre toutes les femmes responsables de la peccadille de l'une d'entr'elles !

Il posa à l'homme sérieux, désireux de faire une fin.

Le pauvre garçon n'avait pas terminé ses études de droit !

Il fila l'amour parfait avec une coquette qui se moqua de lui.

Comme je le tourmentais de plus en plus, pour m'imposer silence, il me masturba.

Désespoirs des désespoirs !

Je n'aimais pas cet exercice. J'avais déjà trop fréquenté de conins et de fesses, pour me contenter du jeu de ses doigts.

Il s'en lassa enfin, et nous grimpâmes de compagnie les six étages d'une petite modiste.

J'allais donc retrouver ces parages oubliés, que nous cachent hélas les jupes des femmes.

La petite était gentille.

Elle avait su à propos lutter de la prunelle, et elle arrivait à l'heure propice.

Ce que le sang lui bouillait en se rendant au premier rendez-vous de la donzelle, moi seul puis en témoigner.

Il eut vite collé ses lèvres, sur celles de la charmante enfant, et expédié en exploration ses mains sous la chemise.

Que se passa-t-il ?

Cela est confus dans mes souvenirs.

Il me semblait déjà tenir à ma discrétion ce conin si longtemps convoité, la vilaine résista comme un beau diable, et ça me dégoûta.

Je courbai le gland avec dépit, et quand mon maître enfin victorieux m'approcha des cuisses de la méchante, je refusai de les honorer.

En vain elle me tripota, s'arcbouta pour m'ouvrir les barrières de son conin, je glissais dessous et m'entêtais à ne pas y pénétrer.

Le sperme, arrêté dans les couilles et irrité, eut beau me maudire, je me moquais de ses sottises.

Julien pleura comme un enfant, et la modiste narquoise, lui dit :

— Tu n'as pas une queue entre les cuisses, mais bien un pinceau, bon tout au plus à mouiller la chemise d'une garce.

— Je la ferai couper, hurla mon maître.

La peur me saisit, et je me décidai à sortir de mon inaction.

Je me gonflai soudain, appelai toutes mes troupes de nerfs et de chairs, et devins superbement beau.

J'enfonçai les portes du con, et entrai tout d'une haleine jusqu'au plus profond de la matrice.

Ah, la mijaurée, qu'elle savait bien pourquoi elle se défendait au début !

Aux parois du local, je reconnus le passage récent d'au moins trois queues.

J'y lançai mon jet de sperme, et rassortis sur le champ de cet abominable logis, humilié d'avoir été conduit en un pareil dépotoir.

Une putain est une putain, on sait à qui on se frotte, mais une gueuse qui pose à la vertu et vous offre une hospitalité déjà épuisée, mérite qu'on la méprise et qu'on la redoute.

Evadé de cet antre, je regrettai de toutes mes forces notre chère Clotilde.

Faut-il que les hommes soient serins !

Se fâcher après avoir poussé soi-même aux ébats de sa maîtresse avec un rival !

Certes, rappelant mes souvenirs, j'eus alors la certitude, grâce à l'expérience acquise, que mon maître arriva souvent bon second auprès de Clotilde.

Mais elle était si jolie, si gentille, si bien faite, si propre, si aimante et avenante, si sincère dans son affection, que le sperme de Chrétien ne narguait pas le nôtre, et nous saluait même en frère dans les entrailles de notre bonne amie.

Julien me garda rancune de l'obstination que j'avais apportée à ne pas me mettre sous les armes.

Il me livra à l'examen d'un pharmacien qui me flanqua une salle drogue.

Heureusement, il ne revit plus la péronnelle, et peu après nous eûmes une délicieuse revanche.

C'était à la campagne, chez l'oncle de Julien, M. Dieudesfois, notaire retiré, en pleine maturité d'âge.

Là se trouvaient les trois filles du brave homme, trois demoiselles ensorcelantes, cousines germaines de mon maître.

L'aînée, Mina, avait dix-huit ans : la cadette, Jane, en avait seize ; et la troisième, Marcelline, en dépassait à peine quatorze.

Déjà, elles écoutaient les sollicitations de la chair, et dès le soir de notre arrivée, comme tout le monde venait de se retirer dans les chambres, Julien rencontra, dans un couloir, la cadette.

— Avez-vous sommeil, mon cousin, demanda l'espiègle enfant, une châtain-blonde à la mine très éveillée ?

— Mais non, ma cousine.

— Voulez-vous être mon cavalier pour un tour au parc, le temps est magnifique.

— Volontiers.

Les trois demoiselles Dieudesfois, élevées à l'américaine, ne connaissaient aucun obstacle à leurs fantaisies.

On descendit, et on se lança, bras-dessus bras-dessous, à travers les allées, en devisant de mille fadaises, abordant sans malice les questions les plus ardues de la *philosophie géométrique.*

On analysa les contours des étoiles, du soleil, de la lune, par rapport aux sphères perceptibles de notre pauvre monde.

Ô ces sphères.

La lune, prêta à mille sortes de plaisanteries, d'abord inoffensives, puis badines, enfin épicées.

Jane tenait tête à son cousin, et le décousu de la conversation ne laissait pas que de me chatouiller très agréablement.

On s'assit sur un banc, et Jane dit à brûle pourpoint, toujours au sujet de l'astre nocturne :

— Cette lune a un grand défaut, pour si belle qu'elle soit !

— Lequel, ma cousine ?

— C'est qu'on ne peut pas l'approcher, tandis que celles qui sont sur terre, on n'a qu'à étendre la main pour...

— Vraiment, ma cousine !

L'invitation était directe. Un petit cri étouffé de Jane montra qu'on l'avait comprise.

— Où voyagez-vous donc là dessous, Julien, s'écria-t-elle pour la forme !

— Je vais à la découverte de celles qu'on peut rencontrer et toucher. Ô le mauvais sujet !

Il l'attira dans ses bras, et l'assit à cheval sur ses genoux.

— L'avez-vous trouvée, interrogea la malicieuse enfant ?

— Je parcours son signe équatorial.

Elle se pencha sur son épaule en riant et murmura :

— N'exagérez pas vos chatouilles, je les crains beaucoup.

Alléché par un aussi joli début, mon maître voulut me mettre de la partie.

— Que faites-vous, murmura la belle enfant en arrêtant sa main ?

Je cherche un compas qui me donnera les proportions de cet astre divin.

— Point n'est besoin, la main et les doigts suffisent.

— Oh, Jane, vous ne serez pas assez cruelle pour me présenter un aussi fin régal et me le retirer de la bouche.

— La bouche, Monsieur mon cousin, pas plus que ce que vous cherchez, n'a rien à démêler ici. Si vous ne vous contentez pas de ce qu'on vous accorde, rentrons, et n'en parlons plus.

Qui fut sot, tout le monde le devine.

Le ton péremptoire de la petite ne permettait pas la moindre illusion.

— On entendait s'amuser, mais ne pas amuser.

Julien commit une nouvelle lâcheté. Il passa sous ces fourches caudines, et répondit :

— Soit, ma cousine, vous êtes bien dure de cœur, on se contentera des miettes que vous offrez. Marquez de suite, je vous en prie, les limites que vous entendez ne pas franchir.

— Vous êtes gentil, vous serez récompensé. Laissez-moi asseoir sur le banc à côte de vous, et je toucherai de la main ce que vous vous apprêtiez à sortir du pantalon. Vous me toucherez avec la vôtre autant que le commanderont vos désirs. Ainsi nulle conséquence à redouter pour l'avenir, et nous aurons encore du plaisir.

— Fi de cette sagesse à longue vue !

— Je connais vos fredaines, et il ne me plaît pas de figurer au nombre de vos victimes.

— Si je demandais votre main à mon oncle ?

— Il refuserait. Vous n'êtes pas mûr pour le mariage.

— Et vous ?

— Moi non plus.

Assis côte à côte, Jane les jupes retroussées, Julien le pantalon ouvert, le conin reçut les caresses que ne lui ménagea pas le doigt de mon maître, tandis que sur ma personne désolée la méchante prit sa première leçon de masturbation.

Elle ne s'en acquitta pas mal, et faute de mieux, bien heureux encore de cette faveur, j'éjaculai une bonne dose de sperme.

On se bécota un brin, et on retourna à la villa.

Nul ne s'était inquiété de nous. Puisque tout le monde dormait plus ou moins bien.

Comme mon maître se disposait à quitter sa friponne de cousine, celle-ci lui souffla dans le tuyau de l'oreille :

— Non, ce n'est pas le moment de vous retirer, grand nigaud, suivez-moi, il ne faut pas être égoïstes.

Le cœur de nouveau ouvert à l'espérance, mon maître s'empressa sur les talons de Jane, et voilà qu'elle l'introduisit dans la chambre de Mina qui, couchée, lisait un roman.

— Je suis une bonne sœur, dit Jane dès que nous eûmes refermé la porte, j'ai fait avec lui ce que je voulais, il a été bien sage, et je te l'amène, pour que tu en profites.

C'était carré, c'était franc.

Bien des gens, en lisant ces lignes, crieront à l'impossibilité.

Si au lieu d'écrire ma confession, j'écrivais ce que j'ai entendu raconter, soit par les amis de Julien, soit par ses maîtresses, je prouverais sans peine, que nombre de Sainte Nitouche, auxquelles dans les familles on n'oserait pas soulever le bas de la jupe, ont déjà forniqué avant même la puberté, reçu minettes et feuilles de roses, échangé ces caresses avec leurs amies et souvent sucé nombre de gamins qui les pelotaient ferme.

Ce ne sont pas mes affaires, il y aurait indélicatesse à révéler ces confidences.

Mina sourit très gentiment, posa son livre, s'étira les bras, et répondit :

— Est-ce que c'est bien bon, cette chose là ?

— Pas mauvaise, je t'assure. Ça produit un drôle d'effet !

— Quelle farceuse tu fais !

Jane tira les draps de sa sœur qui essaya de se défendre, souleva la chemise, et dit à Julien :

— Vous serez mieux servi ici : vous verrez l'astre auquel vous adressiez tantôt de si ravissants madrigaux.

Mina était brune, potelée, de taille moyenne, mutine à l'excès, possédant une motte des mieux fournies.

Mon maître appliqua incontinent la main sur cette luxuriante toison.

— Alors, vous voulez m'amuser, mon cousin, demanda la délicieuse jeune fille.

— Vous et Jane, vous me rendez fou, surtout si vous observez la même règle de continence. Peu m'importe ! Voir et caresser ces trésors constitue un bonheur inappréciable.

— Vous êtes galant, on ne se montrera pas méchante. Voyons, apprenez-moi les plaisirs d'amour.

Mon maître se pencha sur le lit, et déposa sur le conin de la friponne le plus chaud des baisers.

Oh, murmura-t-elle, cela correspond au cœur !

Jane grimaça un sourire et s'écria :
— Je n'en ai pas eu autant !

— Pourquoi avez-vous proscrit la bouche, répliqua mon maître ?

Mina ouvrit les cuisses et reçut en princesse les minettes dont la dévora Julien.

— Je vous laisse et vais me coucher, dit Jane.

— Demain, répondit Mina, nous nous entendrons pour que ce soit complet.

Jane partie, mon maître pelota, caressa, embrassa, lécha, suça Mina, espérant obtenir davantage d'elle que de sa sœur.

Il n'eut pas trop lieu de se plaindre de sa bonne volonté.

Elle le pria de lui expliquer en quoi consistaient tous les plaisirs de l'homme et de la femme ; puis instruite, elle dit :

— Mon cousin, nous ne pouvons décemment faire un enfant ensemble. Pour cela il faudrait être mariés. Prenez avec moi tout le plaisir que vous désirez, mais ne dépassez pas les limites dangereuses.

Les cousines étaient décidément très fortes. Julien répondit avec un gros soupir :

— Permettez-moi seulement de chatouiller vos cuisses et vos poils avec ce pauvre sire, et je me contenterai de ma part.

— Venez vite dans mon lit, et agissez à votre guise.

Je jouis au moins de Mina à la charbonnière, et je m'en montrai satisfait.

6
Ardentes lippées à la porte de Sodome

L'aventure continua sur ces bases.

Il n'y eut pas jusqu'à la jeune Marcelline qu'on appela à se joindre à cet étrange dévergondage.

Elle était déjà formée, la petite cousine, et quoique ma satisfaction personnelle ne fût pas aussi absolue que je l'eusse désiré, je ne me lassai pas du jeu auquel on me conviait.

Les vacances se passèrent fort bien, et nous nous quittâmes laissant de tendres souvenirs dans ces trois jeunes cœurs.

Hélas, cette histoire occasionna tous mes malheurs.

Mais il n'est pas l'heure d'en parler, n'anticipons pas.

Nous revînmes à Paris, et y récoltâmes la plus délectable des aventures, sans doute en récompense de notre sagesse à l'égard des trois pucelles.

Un des amis de mon maître avait une fort jolie maîtresse, l'une de ces ravissantes blondes, à taille élancée et poétique, qui font tourner la tête à tous les hommes.

Julien, très délicat sous le rapport du respect qu'on doit observer vis à vis de la bien aimée d'un camarade, résista à maintes reprises aux diverses marques d'attention qu'elle lui accorda.

Il arriva cependant que cet ami Paul Bouis, dut partir pour le Midi, que mon maître l'accompagna à la gare avec cette maîtresse Myrtille, et qu'ils virent sur le quai de départ de la gare de Lyon disparaître au loin le train qui l'emportait.

Restée seule avec Julien, Myrtille versa d'abondantes larmes.

Elle eut presque une syncope, et Julien la conduisit dans l'arrière-boutique d'un marchand de vins, pour lui donner le temps de se remettre.

Là, les sanglots continuèrent de plus belle.

Des suffocations agitèrent la divine enfant, et il fallut dégrafer le corsage, d'où s'échappèrent les plus coquets nénés qu'on puisse rêver.

Myrtille fermait les yeux, ceux de Julien s'ouvrirent grands.

Sa main trembla, et il succomba à la tentation de caresser si exquises et si blanches chairs.

Ce que j'en fus joyeux, point n'est nécessaire de l'exprimer.

Je me moquais pas mal de ces soties conventions sociales et mondaines qui empêchent les hommes de nous livrer des conins qui n'aspirent qu'à notre visite.

Myrtille revint peu à peu à elle, rougit et sourit, tout comme si elle voulait ignorer les attouchements dont mon maître s'était régalé.

On convint, pour dissiper la noire tristesse de la pauvre enfant, d'aller dîner ensemble au restaurant.

Pour la forme, la jeune femme observa encore une feinte mélancolie, qui ne tarda pas à s'émousser devant le frôlement de la jambe de Julien, cherchant la sienne sous la table.

Le pied de l'adorable créature répondit de son mieux.

Je dressai la tête, et distinguai, à travers les jupes, le conin qui me souriait béatement.

Pour moi, l'affaire n'était pas douteuse.

On y ajouta néanmoins forces préambules.

On décida de passer la soirée au café-concert, d'où en sortant Julien accompagna Myrtille jusqu'à sa porte.

J'eus la venette qu'il ne poussât pas plus loin.

Heureusement, elle se plaignit qu'elle avait faim, prétendit qu'elle s'ennuierait à manger seule ses provisions, et elle l'invita à lui tenir compagnie, rien qu'une petite demi-heure, après quoi il serait libre de se retirer.

Ah, charmante Myrtille, comme je saisissais bien ce que vous désiriez !

Faut-il que les hommes soient godiches pour retarder si doux transports !

J'étais enfin maître de la situation, car une fois chez Myrtille je ne ménageai plus mes avertissements, mes ordres, pour que Julien facilitât mes désirs et mes plaisirs.

Bonds démesurés dans la culotte, audacieux soulèvement de la chemise qui me jouait dans mes mouvements, appel même au sperme qui grouillait dans mes couilles. J'employai tous les moyens pour vaincre les derniers scrupules de Julien.

Myrtille, à demi déshabillée revêtait un peignoir indiscret.

Elle ne cachait pas sa poitrine qu'elle avait superbe, elle approcha elle-même des lèvres de mon maître un ce ses nénés, et dit gentiment :
— Embrassez-vite, Monsieur.
Elle ne se perdait pas dans les chemins de détour.

Julien baisa et rebaisa ces seins de déesse, et se décida à appuyer les baisers d'une exploration des mains sous les jupes.

Le cul et le conin augmentèrent l'effervescence jetée dans les veines de mon maître par la vue des nénés.

Il frissonnait de tous les membres, entraîné par un désir de plus en plus violent.

Myrtille ne le repoussa pas.

Il promena les doigts sur toute la fente des fesses, ne se lassant pas d'en tâter le moelleux, il glissa l'index entre les cuisses pour chatouiller le bouton, il ne négligea pas de frisoter les poils du ventre, Myrtille pâmée murmura :

— Oh, le polisson, le polisson, qu'est-ce que vous touchez là-dessous ! Et la pudeur, Monsieur, vous n'en avez donc pas ? Tiens, tu as raison, je t'aime, et il y a longtemps que j'ai envie de toi, tes baisers me tueraient si tu ne me traitais pas en machine, en être t'appartenant ! Oh, je t'aime, je t'aime, je t'adore.

Les femmes désirent toujours les vits qui ne les fréquentent pas, ou auxquels leur conin paraît interdit pour une raison ou pour l'autre.

Mon maître daigna se souvenir que j'existais.

Il me donna la liberté.

Myrtille me saisit dans ses jolis doigts, et s'écria :

— Oh, qu'il est gentil, le mignon, nous le mettrons bien au chaud, n'est-ce pas, mon adoré ! Tu ne me quitteras pas ce soir, tu coucheras avec moi.

Je répondis, de ma plus jolie manière, aux compliments qu'on me décernait, aux caresses de cet ange des cieux, et frémissant, sautillant dans ses mains, je lui prouvai que j'étais dans les meilleures dispositions pour la servir.

Mais Julien avait juré de me faire enrager le plus longtemps possible.

Je le compris vite à son agenouillement.

Comme un glouton, il enferma toute la motte de Myrtille dans sa bouche, puis enfourna la langue dans son conin, et la lécha jusqu'au plus profond des entrailles.

Elle avait jeté les cuisses autour de son cou, et semblait se mourir tant la sensation lui montait au cœur.

Moi je pleurais ferme, le foutre fuyait par tous mes pores.

Puis, ce fut le cul qui reçut son contingent d'ardentes lippées.

De temps en temps, mon maître me prenait en pitié, me conviait à admirer la profondeur de la fente, et à picoter la porte de Sodome.

Mais Myrtille s'écriait aussitôt :
— Tu me le feras après par là, si tu veux, commence d'abord par devant, je serai si heureuse de te serrer dans mes bras, et de jouir à la même seconde que toi.
Elle le tutoyait !

On aurait dit que toute leur vie ils avaient couché ensemble ; tout leur paraissait naturel ; l'amour est mêla paradisiaque lorsqu'il s'offre ainsi.

Malgré les émotions qui m'assaillaient, je me raidissais de plus en plus. Je respirais avec délices les effluves amoureuses du conin qui depuis si longtemps aspirait à ma visite ! Jamais, même avec Clotilde, je n'éprouvai bonheur si intense. Le ciel, les anges, la félicité éternelle, tout cela se rendait tangible à mon contact.

Mon maître ne se fatiguait pas de baiser, de sucer, de dévorer les charmes de cette ineffable créature.

Elle devina que ma part n'était pas assez large.

Elle m'accorda quelques suçons vertigineux.

Tous les plaisirs ressentis jusqu'à cette heure s'évanouirent.

Ces jolies lèvres qui, sans embarras, sans sollicitations, venaient me chercher, me rendirent fou de joie, d'orgueil, d'exultation, je leur jurai de conserver à tout jamais leur souvenir dans le cœur de Julien, et je tins parole.

Ah, quelle nuit inoubliable nous passâmes là !

Je restai sur la brèche tant que le voulut mon maître, huit fois je répondis à l'appel de mon tendre conin.

À moi, il était bien à moi, quoique les circonstances de cette idiote vie mondaine l'eussent attribué à Paul Bouis.

Dans les Mondes et dans les Éternités, il y a de ces affinités mystérieuses qui lient les uns aux autres les hommes et les femmes, les priapes et les conins.

Myrtille, appartenait d'âme à mon maître, comme son conin m'appartenait matériellement.

On s'endormit au petit jour, et on ne se quitta pas.

Myrtille se moquait de tout. Elle aimait Julien à ne plus vouloir s'en séparer, même au retour de celui qu'elle avait pleuré la veille à la gare de Lyon.

7

De beaux culs de femmes à disposition

Hélas, que ne nous en tînmes-nous à cet amour unique, magnifique, resplendissant, que l'on rencontre si rarement, et qui seul excuse, par sa spontanéité, ses effets renversants d'imprévu, les souffrances qu'occasionnent les dures lois sociales !

Nous fûmes des ingrats, nous fûmes punis, moi surtout.

On reprit ses occupations de part et d'autre, et on se retrouva à tous les moments libres.

Mon maître, qui ne pouvait oublier les recommandations de son ami au sujet de sa maîtresse au moment de son départ, apporta une certaine réserve dans ses rendez-vous.

On sévit en cachette pour le grand motif, on affecta une simple camaraderie en présence de tiers. Myrtille voulait se donner tout entière, Julien n'accepta que moments perdus.

Sotte délicatesse qui prépara notre chute !

L'absence de Paul Bouis devait se prolonger au delà de quelques mois. Il voyageait pour le commerce.

Il n'y avait donc pas à se gêner.

Quand on a une maîtresse jeune, jolie et aimante, on l'épouse, ou on l'emmène avec soi.

Julien, hypocrite comme tous les hommes, crut lui conserver Myrtille, en cachant ses amours, en continuant sa même existence indépendante du passé, il causa du chagrin à la pauvre Myrtille, désolée de ne pas être comprise comme elle le méritait.

Certes, elle ne doutait pas que mon maître lui eût voué une affection aussi profonde que celle qu'elle lui témoignait, elle ne s'expliquait pas pourquoi il prétendait la rendre à Bouis.

Elle présenta quelques observations, observations exprimées avec une tendresse infinie, Julien ne répondit que par quelques phrases pédantes, empruntées aux lois de bienséance qui commandent les rapports masculins.

Elle l'aimait dans toute l'étendue du mot et de la chose, elle se rendit à ses raisons.

Mon doux et adoré conin me murmura :

— Pauvre et gentil ami, aime-moi bien et vite, ton maître passe à côté de son bonheur, il entraînera la mort de ma maîtresse et nous vaudra bien des maux. Il devinait juste, ce cher trésor, ce cher joyau !

Sur ces entrefaites, M. Dieudesfois vint à Paris avec ses filles, qui coururent les bals et les fêtes.

La plus jeune, Marcelline, achevait son éducation chez ses parents, sous la direction de son institutrice. Mon maître eut l'occasion de la revoir quelquefois seule.

La petite avait de ces malices à réveiller un priape mort.

Je ne l'étais pas.

On ne pouvait songer à renouveler en ville les plaisirs échangés à la campagne ; les aînées en plein lancées dans le monde, n'y pensaient plus, la morveuse mitonna son coup.

Elle possédait une amie intime, Mademoiselle Eucharis de Perrillod, moins âgée qu'elle de six mois, mais tout aussi délurée et tout aussi viciée, si toutefois c'est vice que d'écouter la nature qui parle.

Marcelline s'arrangea si bien, qu'on accorda à Julien la permission de les mener promener toutes les deux.

Je le confesserai à ma louange, je me montrai quelque peu défiant de l'aventure dans laquelle nous nous engagions.

N'avions-nous pas notre exquise Myrtille pour nous suffire et au delà !

Mais, l'homme ordonne dans bien des occasions sexuelles, et je dus obéir.

On parla d'abord librement, puis on se remémora les souvenirs libertins de la campagne, et mademoiselle Eucharis déclara qu'elle serait la plus heureuse des fillettes, si on lui apprenait comment un homme était fait, et comment il se comportait avec les femmes.

De là à conduire les deux folles enfants dans sa chambre, il n'y avait qu'un pas ; Julien le franchit.

On me tint moins à l'écart qu'à la campagne.

Quoique cette histoire m'inspirât une salutaire crainte, je ne résistai pas.

Ces jeunesses qui me tripotaient, me suçaient, se frottaient les fesses contre mon gland, et même suppliaient mon maître de pousser plus loin, de les enculer tout à fait, et de les dépuceler, ne laissaient pas de me porter à la peau.

On prit goût à ces parties ; les rendez-vous devinrent plus fréquents, et on éveilla l'attention des méchantes gens.

On écrivit des lettres anonymes aux parents de mademoiselle de Perrillod, et une après-midi on nous surprit en flagrant délit.

Aussi, était-il sage, lorsqu'on a de beaux cons et de beaux culs de femmes à sa disposition, de courir après des fruits qui sont verts, et par conséquent dangereux !

Il y eut un gros scandale.

On arrêta mon maître, et il passa en jugement, malgré toutes les protections qui se remuèrent en sa faveur. Il attrapa une condamnation à deux ans.

Les désespérantes pensées qui l'assaillirent trouvèrent un écho dans mon chagrin.

Adieu les belles cuisses, adieu les belles fesses !

On eût dit que je prévoyais l'ère d'humiliation qui se levait à l'horizon.

Mon maître était un très joli garçon, je n'en tire aucune vanité.

Hélas, je payai cher cette beauté quasi féminine qui donnait à ses chairs un satiné velouté.

En prison, il resta quelque temps mélancolique, taciturne, évoquant sa carrière brisée, songeant à la colère de ses parents qui l'avaient maudit et méprisé, voyant tout en noir, n'apercevant aucune consolation dans l'avenir.

Pouvait-il supposer par exemple que Myrtille, dont il ne reçut aucune nouvelle dans son malheur, se montrait moins implacable que son père, sa mère, la société et qu'elle, la première trompée, lui conserverait un coin d'affection dans son pauvre cœur déchiré ?

Rien, pas un mot d'elle ne lui avait appris le monde de réflexions soulevées en son âme par cette horrible catastrophe !

Sans doute elle jeta l'oubli sur son indigne amour, et se retourna tout entière du côté de Paul Bouis.

Et pensant comme mon maître, je baissai la tête, je pleurai après mon cher conin.

À force de nous rappeler les jolies scènes du passé, la jeunesse surmonta le désespoir, et croyant secouer Julien de sa torpeur, je lui démontrai que j'existais encore.

Triple sot que je fus !

« Pauvre petit, murmura-t-il, te voilà sevré de ces délicieuses visites que tu aimais tant ! Plus de jupes à farfouiller, plus de conins à pourfendre. Ta peine est la mienne. Nous avons été bien coupables, mais n'est-on pas venu nous chercher, et pouvions-nous croire qu'il y aurait des parents assez stupides pour compromettre l'avenir de leur enfant par un scandale inutile ? Oh, la leçon nous profitera ! À quoi bon récriminer ? Que décider à cette heure ? Je sais bien ce que tu voudrais. Il faut en faire notre deuil.

L'administration ne nous prêtera pas le moindre petit conin, voire même la plus sale conasse du globe. Il est certain que tu repousserais ce dernier. À fréquenter les jupes que je t'ai livrées, tu t'es aristocratisé. Cependant nous avons des provisions de sperme à liquider. Je ne me sens pas de te masturber, trouvons un moyen quelconque. »

Le monstre le trouva.

Tandis que tout ému de son attention, je me redressais de mon mieux, désirant le convaincre que j'appréciais son raisonnement, le traître préparait ses armes contre moi.

Oh, il ne me coupa pas !

Non, il sentait bien que je lui étais indispensable, il visa à m'annihiler dans mes manifestations.

Un jour, jour à jamais néfaste, je reculai épouvante.

Mon maître pissait, et à côté de lui, un autre détenu en faisait autant.

Que se passa-t-il entre eux, je ne l'ai jamais approfondi.

Soudain, j'éprouvai une indicible impression de stupeur, des doigts mâles couraient sur tout mon être et me caressaient.

De honte j'essayai de rentrer dans les couilles afin de m'y cacher, on en resta là.

Ma sécurité ne dura pas longtemps.

Le soir même j'entendis le codétenu qui disait à Julien :
— Si tu sais t'arranger, on se retrouvera, et on pourvoira à l'absence du sexe.
Mon maître sut s'arranger.

Dans la nuit, j'aperçus dans le drap un autre vit qui s'approchait de moi, et me saluait.

Je rendis le salut plus que froidement, mais Julien ne s'en moquait pas mal.

Un rival s'éveillait à mes côtés auquel je n'avais pas pris garde.

Le trou du cul de mon maître frissonnait, et appelait la main du vaurien couché avec nous.
— Chouette, dit cet homme, t'as une vraie peau de fille, et ce sera festin de roi que de t'enculer.
Il me pelota encore, grattouillant mes couilles, je m'entêtai à fuir ces dégoûtants attouchements.

En désespoir de cause, je voulus me réfugier dans la vessie, le cul me nargua et me dit :

— T'as pas fini tes manières, cochon de vit, c'est toi qui nous a menés ici, et maintenant tu fais ta figure. Vas chercher tes petites fillettes, sale pourceau, être sans vergogne. Qu'as-tu à te plaindre. T'as pas ici de conin à piquer, épée de chaudronnier. Laisse-moi consoler notre maître de mon mieux. Tu n'es plus rien, toi. Allons bandes vite, je veux que l'on me foute.

En même temps, de l'intérieur, il m'expédia un jet de sperme qui m'obligea à me gonfler.

Notre compagnon de lit n'attendait que ce signe de plaisir, d'acquiescement hélas, pour agir.

Il tourna mon maître vers le mur, et je vis mon confrère chatouiller les abords de l'anus.

— Ah, bonne fortune du ciel, murmura le trou du cul, enfin ma fête commence, c'est à mon tour de jouir et de faire jouir. Ce salopiau de vit a fini de gigoter. On gigotera en mon honneur. J'aurai les sensations qui agitent les femmes, et j'espère bien qu'avant peu, ici dans cette prison, tout le monde chantera mes louanges.

Mon maître souffrit avec délice le pal dont on le gratifia, et par pitié pour lui, je consentis à jouir, et déchargeai en même temps que l'autre.

Je voulus néanmoins avoir le dernier mot avec cette prétention du cul, et dès que le sommeil se fut emparé de Julien, j'apostrophai mon rival en ces termes :

— Un cul d'homme n'est pas un cul de femme : il y a honte pour le premier à recevoir la décharge d'un vit, tandis qu'il y a gloire pour le second.

— Où prends-tu la honte dans l'action du plaisir, malandrin que tu es ! Tout pour toi, rien pour les autres, ce sont tes pareils qui dictèrent ces imbéciles lois qui rendent hypocrites les hommes. Il n'est pas un de ces intègres et honnêtes magistrats, grâce auxquels nous gémissons en prison, qui ne courent après un enculeur ou qui n'enculent un de leurs copains. Ils ont beau revêtir l'hermine et singer les airs pudibonds, ils ont beau poursuivre avec une sainte horreur tout ce qu'ils appellent pornographie, ils sont hideux d'âme, comme ils sont dégoûtants de corps : communiant le matin, ils mangent le Dieu qu'ils prétendent adorer, pour être sûrs qu'ils ne le rencontrent pas dans l'autre monde. Tu connais aussi bien que moi le vrai que renferment mes paroles. Ne viens donc pas me conter des balivernes. Ici, tu es au rancart. C'est à moi de te remplacer. D'ailleurs, dis-moi pourquoi un cul d'homme ne jouirait-il pas comme un cul de femme ? Je suis autant la chose de notre maître que toi, et s'il lui convient de recevoir le plaisir par mon aide, tu n'as rien à y voir. Je suis meilleur prince que tu ne l'es. En agissant, je le pousse à décharger, et toi, dans tes voluptés, tu ne t'occupes jamais de me procurer le moindre des chatouillements.

— Le vit est l'emblème de la virilité, de la noblesse ; le cul est l'emblème de la bassesse, de la fainéantise.

— De la fainéantise, mon beau parleur ! Je te conseille de te vanter, toi qui sommeilles de longues heures, et à qui il faut le fluide magnétique d'une jupe féminine pour être émoustillé ! Vraiment, tu parles de bassesse, vilain sir ! Si le cul d'un homme est emblème de bassesse, celui d'une femme l'est tout autant, et si les plaisirs du cul sont illicites chez l'homme, ils le sont aussi chez la femme.

— Quoi, sale sac à ordures, tu oserais te comparer à un cul de femme, au cul de Clotilde ou de Myrtille, par exemple ! Non, le toupet ne te manque pas.

— Quelle différence relèves-tu entre eux et moi ?

— Par le divin Mercure, on n'ouï jamais pareil langage ! Voyez-moi ce couple de gigots qui se met en parallèle avec les belles fossettes de mes charmantes amies !

— Je suis tout aussi fin, tout aussi satiné.

— Possèdes-tu cette ravissante courbe des reins, qui nous faisait pâmer d'admiration ? Possèdes-tu cette souplesse des hanches, sur lesquelles les mains de notre maître ne se lassaient pas de se poser ? Possèdes-tu enfin, manant, cette féline grâce qui nous attirait tout droit à nos chers conins ?

— Eh là, je possède une rudesse de résistance qui a bien son charme. Et puis, je ne m'explique pas pourquoi tu me cherches garouille, alors que tu ne le cherchais pas aux lèvres ; au moment où elles faisaient minettes ou feuilles de roses, aux mains tandis qu'elles s'égaraient dans des trous que tu aimes tant à visiter. Tu n'es qu'un pignouf de jaloux, et je te défends de me causer davantage. L'heure de mes félicités a sonné, tu ne saurais les empêcher. J'agirai sur la cervelle de Julien, comme tu le faisais au dehors, et nous aurons ici d'ardentes nuitées que tu serais incapable de lui procurer.

8
Fesses rebondies et poils polissons

Le visiteur de mon maître fut si enchanté de son aventure, qu'il en causa à quelques autres détenus, et on commença à le courtiser comme on courtise une putain.

Le malheureux ne s'en fâcha pas.

Bien au contraire, il s'amusa du l'affaire, accepta d'autres jouissances, et obtint bientôt le surnom de *La Fille*.

Il ne m'appartient pas de donner un aperçu de la vie dans les prisons ; c'est au dessus de mes faibles moyens. Je ne dois raconter que ce qui m'intéresse directement.

Le bruit des complaisances de Julien parvint, je ne sais comment, en haut lieu, jusqu'au directeur, et ce brave homme en fut émoustillé.

Quand on n'a pas été cruel vis à vis d'un condamné de droit commun, on n'a pas à l'être vis à vis d'un potentat, dont on dépend de façon absolue.

Mon maître ne se le montra pas, et de ce jour, sa vie fut exempte de bien des tracas.

On n'attend pas de mon abnégation que je m'étende sur cette triste période. Nous avions attaqué, ou du moins j'avais attaqué la série noire, ces séries pèsent longtemps sur l'existence.

Dans ce temps de prison, j'eus du moins une consolation qui me fit verser de bonnes et douces larmes de plaisir dans la culotte de mon maître.

C'était à qui tournerait le dos à Julien un ami et une amie ne nous oublièrent pas et mirent tout en œuvre pour obtenir l'autorisation de nous voir.

Un jour on appela mon maître au parloir. Clotilde et son mari, Chrétien Swenderberg le demandaient.

L'entrevue fut touchante.

— Mon pauvre ami dit le banquier, je vous plains de tout mon cœur, et je ne puis oublier que je vous dois le bonheur de ma vie. Clotilde vous conserve la même sincère affection que je vous ai vouée, et lorsque nous connûmes votre malheur, nous employâmes toutes nos influences pour en conjurer les conséquences. Nous nous heurtâmes à la volonté de vos parents qui exigeaient qu'on fût inflexible. Il ne nous convient pas de les juger. Battus d'un côté, nous nous sommes tournés sur un autre, et avons essayé d'arriver jusqu'à vous. Nous voici. Prenez-courage. Votre faute n'est pas de celles qui tuent un homme. À votre sortie, venez nous trouver, et notre sympathie vous aidera à surmonter cette terrible épreuve.

Mon maître et Clotilde pleuraient comme des enfants.

Ah, qu'elle était séduisante, mon ancienne amie, sous la toilette sévère qu'elle portait.

— Julien, dit-elle à son tour, ne te désoles pas : il ne veut pas que je cesse de te tutoyer. Chrétien est le plus noble des hommes. Tu l'apprécieras comme il le mérite, et nous te consolerons de tous tes chagrins.

— Mes amis, mes bons, amis, répliqua mon maître, jamais je n'oublierai la joie que vous me procurez aujourd'hui ! Vous jetez, dans mon existence brisée, un rayon de soleil qui la réchauffera, et me permettra de retrouver des forces pour reconquérir l'estime du monde. De ce jour, ma pensée ne vous quittera plus et formera les vœux les plus sincères pour votre bonheur.

On parla encore de bien des choses, puis on se sépara, en convenant de se réunir dès que Julien serait libre.

Nous ne tînmes pas cette promesse, aussi vite qu'on en était d'accord.

À l'expiration de sa peine, un grand chagrin attendait mon maître.

Toujours la série noire !

Il reçut dès son retour à la vie sociale, un mot de Myrtille le priant de ne pas manquer d'aller la voir, avant tout autre personne.

Il s'empressa de s'y rendre.

J'avoue que j'appréhendais fortement le premier moment de la rencontre. Je pensais bien que pour nous rappeler ainsi, la charmante fille n'avait pas oublié les rudes démonstrations de tendresse dont je comblais son conin, et j'éprouvais une fausse honte à l'idée que lorsqu'elle chercherait à me revoir, elle s'apercevrait des fautes commises par mon maître.

Hélas, Myrtille n'était plus Myrtille. La chère enfant témoigna une telle douleur à la condamnation de mon maître, que Paul Bonis, rentré à Paris depuis peu, devina tout.

Il eut un accès de fureur épouvantable, la battit, la traita de salope, de putain, de complice d'un galérien, rompit avec elle, et la laissa sans ressources.

Contre mauvaise fortune elle fit bon cœur, essaya de lutter, travailla, ne réussit pas, marcha de déboires en déboires, tomba malade, fut mal soignée, et elle agonisait quand nous nous trouvâmes en sa présence.

Le désespoir de mon maître n'eut d'égal que ma tristesse.

Quoi, cette belle gorge dans laquelle j'avais patouillé, ces fesses rebondies où j'aimais à sautiller, ces poils polissons qui chatouillaient mon gland, ce conin qui souriait si gentiment dès que je l'approchais, ces cuisses rondelettes qui se plaisaient à me serrer entr'elles, cette chair blanche, satinée, exquise, parfumée, tout cela se mourait, s'effondrait.

La douce adorée, hâve, déchargée, comprit la douleur de mon maître et lui dit :

— N'est-ce pas que je suis bien changée ! Tu me trouves bien laide ! Oh, j'aurais tant voulu rester belle et jolie pour t'offrir le bonheur et la joie après ton dur chagrin. Dieu ne l'a pas permis. Plains-moi, Julien, car je t'ai bien aimé, va, et je t'aime bien, toujours.

Les yeux conservent parfois toute la beauté d'une femme.

Ceux de Myrtille eurent une telle expression que Julien prit sa main, la baisa et répondit :

— Myrtille, tu es jeune, ton mal n'est pas mortel, j'ai de l'argent, je te sauverai, et tu seras encore belle.

Elle sourit avec des larmes plein les yeux et dit :

— Trop tard, mon amour ! Si j'avais pu te voir plus tôt, oui : J'aurais encore pu te donner de la volupté, et j'eusse été si heureuse de m'offrir à tes plaisirs, que je me serais rétablie. Il ne subsiste plus que le cadavre de celle que tu aimas, et qui t'aima sans te renier.

Pas un mot, en dehors de ce regret, sur ce qui était arrivé à mon maître.

Les femmes ont de ces sublimes délicatesses.

Mais si Myrtille n'avait plus sa beauté, elle en conservait toute l'ardeur, qui se communiqua à Julien, et je revis mon petit conin, tout joyeux de bien me recevoir et de bien me traiter.

Ce furent les derniers spasmes de notre adorée. Quelques jours après, nous suivions son convoi.

Mon maître mît une belle couronne sur sa tombe, y pleura de longues heures, puis rentra en ville pour boucler sa valise et nous partîmes en voyage.

9
Née pour être putain

Julien avait besoin de se reconstituer une personnalité.

Nous vécûmes à l'étranger plus d'une année, ses parents lui servant une forte pension pour qu'il s'y accoutumât, espérant qu'il s'y établirait, et qu'il se retremperait tout à fait dans un nouveau milieu.

Cependant, quoique n'ayant pas tenu sa promesse vis à vis de Clotilde et de son mari, mon maître n'avait pas négligé de leur écrire, et une affectueuse correspondance s'était nouée entre eux.

Clotilde et son mari luttaient pour paralyser les efforts des parents de Julien.

Ils prirent le bon moyen.

Ils allèrent trouver l'oncle Dieudesfois et lui firent comprendre que, pour réparer le passé, il n'existait qu'un seul remède : marier mon maître à Marcelline.

Il était riche, pouvait fort bien doter sa fille, et réconcilier ainsi toute une famille, séparée en somme pour un péché de jeunesse.

On batailla ferme, on réussit.

Julien fut rappelé et le mariage bâclé.

Chrétien signa l'acte du contrat comme témoin, et la joie régna de nouveau autour de nous.

Mes aventures de voyage, aventures très banales, ne méritent pas de figurer dans cette confession.

En revanche, celles qui suivirent, et dès le premier soir des noces, rentrent dans le cadre voulu.

Au bal que l'on donna, une des demoiselles d'honneur se rencontrant dans un coin avec mon maître, lui dit à brûle-pourpoint :

— Vous êtes bien audacieux, Monsieur, de regarder de la sorte les demoiselles, en les détaillant des pieds à la tête. On jurerait que vous les déshabillez, et si on avait mauvais caractère, l'on se fâcherait.

— On aurait tort, si on est bien faite. Les yeux d'un homme sont pour admirer tout ce qui est beau.

— Que savez-vous si c'est beau ?

— Je m'en doute, et voudrais bien en acquérir la certitude.

— Fi, et votre femme ?

— Ma femme, je l'aurai cette nuit, et il est de ces beautés qu'on risque de ne jamais contempler, si on ne les arrête pas lorsqu'elles sont à portée de la main.

— À portée de la main, vous supposez qu'on est à portée de votre main !

— Je souhaiterais de tout mon cœur que la distance fut encore moindre.

— Vous avez un tel toupet qu'on a bien envie de vous mettre au défi.

— Essayez.

— Moi !

— De qui donc serait-il question en ce moment, si ce n'est de vous ?

— Et bien soit, Monsieur l'audacieux, venez dans le jardin, et vous me direz si je suis bien telle que vous le pensez.

Habilement Julien s'esquiva et rejoignit la belle demoiselle qui l'attendait sur un banc.

Sans façon il l'attira sur lui, sans prononcer un mot, la retroussa et lui pelota le cul et le con qu'il trouva à point.

Il plaça la fille à cheval sur ses cuisses, me donna la liberté, et hardi, j'enfourchai sans difficulté cette prétendue pucelle.

Ce conin, pour être un conin interdit, avait déjà eu bien d'autres visites.

Le pucelage voltigeait depuis longtemps, mais le coup était bon, je dirai même des meilleurs, et je bourrai carrément le ventre de ma jeune tourterelle.

La solitude, l'originalité de l'affaire, tout nous excitait, et je déposai dans le vagin de l'amie de Marcelline une ample décharge de sperme.

On revint au bal, séparés, sans que personne se fût aperçu de notre absence.

Peu après on appela mon maître pour le conduire à sa femme.

On a tant raconté de nuits nuptiales, que je ne vois pas la nécessité d'intercaler la nôtre ici.

Aussi bien, je connaissais la fillette dont mon maître me donnait le conin en toute propriété, non pour l'avoir enfournée, mais pour avoir joui de ses caresses.

Allions-nous devenir de bons bourgeois ; tranquilles et rangés, vivant à la campagne de leurs rentes ?

Nous étions en droit de l'espérer, mais ainsi que je l'ai dit plus haut, notre vie de polichinelle s'apprêtait à recommencer.

On a bien deviné que Clotilde, pour avoir agi si noblement, si gentiment avec Julien, ne l'avait fait que parce qu'elle conservait un gros béguin à son endroit.

Elle eut la finesse de ne pas s'imposer de suite, de l'aider à se recréer une nouvelle individualité, l'heure sonna où elle remonta à notre horizon d'amour.

Propriétaire d'une villa voisine de celle, qu'habitait mon maître, Chrétien Swenderberg le visitait fréquemment, et celui-ci s'empressait de rendre les visites.

Clotilde coquettait en dessous, la flamme de Julien se ravivait de plus en plus.

Les premiers feux de la lune de miel épuisés, ils renouèrent leurs propos d'amour, et tout guilleret, je repris possession de ce conin qui fît tant mes délices aux premières époques de mes plaisirs.

Oh, il était plus beau, plus appétissant que jamais, et avec lui le cul, et tout le reste !

Nous célébrâmes nos nouvelles amours dans une grande fête de reconnaissance. Clotilde s'était embellie, avait atteint une perfection de formes idéales. De plus, toujours dans le luxe, elle avait eu un tel soin de son corps qu'on ne pouvait rien rêver d'aussi fin, d'aussi pur, d'aussi divin.

Mon maître se passionna encore davantage que dans le passé, et adroitement elle reconquit tout son ancien ascendant.

Nous fûmes d'autant plus favorisés dans nos relations, que Marcelline tomba enceinte, que sa grossesse s'annonça difficile, et qu'il fallut se rationner de son côté.

J'avais été tellement privé en prison, que j'entendais ne pas chômer, et à tout propos je notifiais à mon maître mon désir de baiser de jolies cuisses ou de jolies fesses.

Une fois Julien bien sous son charme, Clotilde lui confia l'ennui qu'elle éprouvait à voir baisser son mari de jour en jour, et ne plus prendre le même plaisir qu'autrefois à la petite cochonnerie.

On ne mâchait plus les mots.
— Sais-tu, dit-elle, il faudrait un fort stimulant pour l'exciter, et tu devrais bien m'aider à le trouver.

— Diable, des stimulants, c'est dangereux. On ne connaît pas la valeur des produits pharmaceutiques que l'on vend à cet effet.

— Et non, bêta, ce n'est pas de drogues que je te parle. Il s'agirait d'imaginer quelque chose de bien salé qui le tirerait de son apathie. T'en souviens-t-il, la première fois que tu lui montras mon cul, cela te fit jouir, malgré la jalousie qui te tourmentait, en sens inverse il me semble qu'il y aurait à inaugurer.

— Dame, je ne saisis pas trop. Si toi, tu n'as plus d'action sur ses sens, je ne vois pas qui en aura, et quant à recommencer avec une autre femme notre ancienne aventure, ça ne me sourit pas trop. Du reste cela ne ferait pas ton affaire, car s'il s'amourachait d'un cul qui ne serait pas le tien, il te négligerait encore davantage.

— Aussi ce n'est pas un cul de femme qu'il s'agirait de lui proposer.

— Et quoi donc ?

— Grand nigaud, si tu le poussais à te le mettre, pendant que tu me le mettrais, je ne doute pas de sa résurrection.

Julien partit d'un éclat de rire, et répondit :

— Ah, vraiment, que ne parlais-tu pas plus tôt. Pour t'être agréable, il n'est rien que je n'entreprenne, et je t'abandonne sans scrupule mon cul, pour que tu t'en serves selon tes intérêts. Je ne crois pas cependant qu'il produise sur Chrétien l'effet que tu espères, alors que le tien n'agit plus sur sa petite bête.

— J'ai dans l'idée que si. Ainsi tu consens ?

— De tout mon cœur, cela m'amusera.

La coquine connaissait-elle les histoires de mon maître ? S'était-elle déjà concertée avec son paillard de mari ? Tout est supposable. Ce qu'il y a de certain, c'est que le lendemain, dans l'après-midi, Clotilde conduisit mystérieusement mon maître auprès de Chrétien.

— Tu ne diras pas que je ne t'aime pas, dit la rouée créature à son mari, tu ne prétendras pas que tes plaisirs ne me sont pas chers. Je t'amène Julien, qui ne demande pas mieux que de se prêter à toutes tes fantaisies.

— Quoi, mon cher ami, s'écria Chrétien, tutoyant tout de suite mon maître, tu satisferais à mes toquades !

— Nous avons été assez frères pour le devenir tout à fait.

On ferma les portes et les trois héros furent bientôt nus.

Clotilde, superbe statue animée, commença par exécuter diverses poses destinées à les mettre en train.

Lascive à plaisir, elle contorsionna son cul de toutes les manières, le frottant tantôt contre le ventre de l'un, tantôt contre le ventre de l'autre, enseignant à mon maître quelques hardis mouvements, les lui faisant ensuite répéter, contre son ventre d'abord, contre celui de son mari ensuite.

Je rougissais de tout cela, mais j'y prenais goût.

N'avais-je pas ma part de la scène ?

Peu à peu Chrétien eut des chatouillements dans les cuisses, sa queue s'allongea, se gonfla, et Clotilde, frappant des mains, s'écria :

— Ah, nous tenons la réussite !

Elle assit Julien sur les genoux de Chrétien et s'installa sur les siens.

— Fais-lui ce que je te fais, lui commanda-t-elle.

Elle s'arcbouta en avant, rehaussa son cul, le promena sur la poitrine et le ventre de mon maître, lui en donna quelques coups sur ma personne, puis se recula pour surveiller lu façon dont il s'exécuterait.

Et Julien remplit à la lettre le programme tracé, riant comme un fou du priape qui lui caressait les fesses et visait déjà à y pénétrer.

Clotilde ne voulut pas qu'on attaquât encore l'acte final, ainsi que suppliait son mari.

— Non, mon chéri, dit-elle, tu n'es pas encore assez excité : au dernier moment il ne manquerait plus que tu aies une faiblesse ! Tu froisscrais la bonne volonté de notre ami et cela te gênerait pour une autre fois.

— Je t'assure que mille pointes de feu m'allument le sang.

— Patience.

Elle fit lever Julien de dessus les genoux de son mari, s'étendit à sa place tout de long en travers, de façon à ce qu'il ait ses fesses sous les yeux. Alors, elle dit à mon maître :

— Fais-moi feuilles de roses sous son nez, et après il marchera tout seul. Je n'aurai que le temps de me jeter à quatre pattes pour te recevoir et il sera sur toi.

Mon maître obéit et se pourlécha les babines entre les fesses de la belle, contre lesquelles parfois le pressait la main de Chrétien, dont les regards trahissaient la brûlante volupté.

Agenouillé un peu sur le côté, il lança une série de coups de langue savants dans toute la raie, relevant chaque fois les yeux sur ceux de son partenaire en félicité, pour saisir l'effet produit, et, pendant ce temps Clotilde glissant la main sous elle, caressa en la masturbant doucement la queue de son mari qui lui fouettait le ventre.

Elle ne s'était pas trompée.

Chrétien, en quelques secondes, roula des yeux énormes, comme s'il voulait tout avaler, il pressa tellement la tête de mon maître contre le cul de Clotilde, que celle-ci jugeant le moment venu, s'esquiva adroitement pour se placer à quatre pattes, en appelant Julien sur son dos.

Il s'y précipita, car je bandais à crever la peau d'un éléphant ; il me plaqua contre le trou du cul, et aux trémoussements qui m'agitaient je compris que le mari de Clotilde attaquait mon rival.

Je feignis de l'ignorer et bataillai de mon mieux.

Cet indigne pendard n'imita pas ma réserve et crut délicat de m'adresser quelques mesquines observations.

— Enfonce donc, me dit-il. Tu as un cul de femme à ton service, et moi, j'ai une pine d'homme, encore molle, mais qui tout de même me chatouille agréablement. À cette heure, nous travaillons tous les deux à la jouissance de notre maître, car il jouit autant par moi que par toi. Dans cette fête, j'ai un énorme avantage. Tu as déjà enculé ce cul, et moi, je suis enculé pour la première fois par cette queue. C'est bon, c'est bon, tu ne veux pas causer, crache ton sperme, je sens qu'on va m'en foutre.

Et zu, et za, et zu, et za.

Le cul de Clotilde n'avait rien perdu de ses belles rotondités, bien au contraire, il s'était développé.

Je m'amusai fort à parcourir les sinuosités de la fente, à constater que quelques poils follets grimpaient vers le trou, alors qu'ils n'y existaient pas au temps jadis, je remarquai que l'anus frémissait avec plus de méthode, que l'orifice s'ouvrait avec force gentillesses, que les parties charnues savaient à propos se serrer et trembloter, je me livrai à toutes sortes d'extases, avant de jouir définitivement, et parfois je me trouvais gêné par la queue de Chrétien qui me tapotait les couilles pour me rappeler à l'ordre.

Mon rival pouvait ergoter, je me moquais pas mal de ses propos, il ajouta encore :

— Tu n'es donc plus capable d'enculer, grand fainéant, j'ai déjà la queue qui m'attaque tout entière dans mes plis. Marche donc. Elle tressaute, prête à jouir, et tu t'endors, vieille bourrique. Ah, tu te décides, tu entres ; saute donc. Ah, ah, ah, voilà du foutre qui va chasser le tien, bougre de rossard. Tu décharges, ah, ah, ah !

— Ah, ah, ah, murmurai-je à mon tour.

Ça vint à la seconde, et affalés tous les trois, nous formâmes une de ces masses enragées où les culs et les queues ne se lassent pas de se trémousser.

Les jets de sperme semblèrent ne devoir jamais s'arrêter.

Mon maître, pressé entre la croupe de Clotilde et le ventre de Chrétien, se surmenait et communiquait à tous de la vigueur.

Ce qu'on s'en fourra, il est difficile de l'exprimer.

Clotilde se releva radieuse.

— Oh, s'écria-t-elle, nous avons devant nous une provision de beaux jours !

— Avec ton tempérament répondit mon maître, tu étais née pour être putain.

— Putain, mon cher, tu l'es maintenait autant que moi. Ton cul n'a rien à envier au mien. Il a produit aussi bonne impression sur la queue de Chrétien, et si tu avais un trou entre les cuisses, comme j'en ai un, tu lui servirais ce nouveau pucelage.

— Mon pucelage, répliqua en riant Julien, ah oui, c'est juste, mon pucelage !

Et il pensa que si Chrétien supposait avoir eu celui de son cul, il se mettait joliment le doigt dans l'œil.

10
Godemichets, hontes et humiliations

Ayant ainsi obtenu de mon maître ce qu'il désirait, Chrétien eut une période de rajeunissement.

Sans cesse il varia ses fantaisies, qu'il était difficile de repousser, et parmi celles-ci, il demanda à me sucer.

La raison qu'il donna, pour obtenir cette marque de condescendance, ne manquait pas de saveur, je la livre telle quelle :

— Je puis bien, dit-il, baiser et caresser un outil qui me rend cocu, alors que j'encule celui qui le porte.

La logique régnait dans ces paroles, la conclusion me révoltait.

Que les lèvres d'une femme, me gratifiassent de pareilles friandises, rien de mieux ! Quand à m'engloutir dans celles d'un homme, pouah ! je dérogeais.

J'eusse préféré les doux suçons de Clotilde ou, encore, ceux de Marceline ; mais, la femme de mon maître, de plus en plus fatiguée par sa grossesse, se montrait très mijaurée et de son côté ma ration se bornait à la portion congrue.

Marcelline nous abandonnait absolument aux caprices de Chrétien, qu'elle ignorait, du reste.

Peut-être, exagérait-elle sa pruderie, de crainte qu'on ne se souvînt de l'aventure qui conduisit Julien en prison ; quoiqu'il en soit, cette ancienne endiablée affectait de ridicules pudeurs.

Il advint cependant que les ardeurs de Chrétien se ralentirent et que les inquiétudes de Clotilde renaquirent.

Là où un cul de femme n'a plus d'empire, un cul d'homme ne saurait prétendre à l'exercer longtemps.

Notre chère maîtresse de nos beaux jours de jeunesse possédait une imagination des plus fertiles. Une excellente raison la guidait dans le soin qu'elle apportait à ne pas laisser moisir les sens de son mari : toutes les fois qu'elle parvenait à vaincre l'apathie qui tendait à les envahir, il augmentait la pension mensuelle qu'il lui desservait pour sa toilette et ses plaisirs, et il ajoutait à la dotation dans le cas où il mourrait.

Il est pitoyable que les intérêts d'argent jouent un si grand rôle dans les questions d'amour.

La nature n'y regarde pas de si près.

Elle ordonne de foutre dès qu'on en a envie, elle est dans le vrai, la société est dans le faux.

Comme la confiance de Clotilde en mon maître était illimitée, par cela qu'elle l'avait vraiment aimé de cœur et d'esprit quand il lui enleva son pucelage, elle lui communiqua ses perplexités.

— Chrétien faiblit devant ton cul, dit-elle, il ne te suce plus avec autant de chaleur, je crains qu'il ne se lasse de nos jeux et que ses idées suivent un autre cours.

— Tes craintes sont chimériques, ma belle Clotilde, ton mari s'avachit chaque jour davantage et l'impuissance arrive.

— Il faut la conjurer. Invente quelque jolie folie, mais conservons-le encore aux plaisirs voluptueux.

— Je ne vois rien, rien.

— Toi, un esprit jeune et vigoureux !

— Pour une femme, je ne dis pas ; pour un homme, c'est plus raide.

— Cherche, je t'en supplie. Je te dois ma position par ta complaisance du temps passé, il s'agit de ne pas me la laisser perdre.

— Oh, tu es garantie contre toute surprise.

— Je dépense beaucoup, Julien, et si un malheur survenait j'aurais de la peine à soutenir le même train de maison.

— Il y aurait peut-être un moyen.

— Dis vite lequel.

— Prends un godemiché et encule-moi ; le changement d'allure le ravigotera.

— Bravo pour l'idée, elle est excellente, je l'adore, le succès est certain, je m'en charge.

Ô honte des hontes !

Une femme allait donc grimper mon maître !

L'ère de mes humiliations continuait.

Un soir, tandis qu'étendu sur un canapé, Chrétien, tout nu, comme l'étaient sa femme et Julien, s'assoupissait, les contemplant folâtrer, Clotilde lui flanqua une claque sur les cuisses, qui le fît tressauter sur ses jambes, et lui dit :

— Hé, seigneur pacha, puisque tu ne te sens pas de remplir ton devoir vis à vis du cul que je t'ai procuré, je le remplirai à ta place, et c'est moi qui jouirai de Julien.

— Oh la bonne farce ! tu le mettras à Julien, et que lui mettras-tu ?

— Ce godemiché, mon loup, que je m'applique sous le ventre.

— Un godemiché !

— N'en as-tu jamais vu ?

— Oh si fait, mais il y a bien des années.

— Regarde donc, et tu me diras si je sais bien remplir le rôle de cavalier.

L'admirable femme possédait une crânerie de gestes à ressusciter tous les morts.

Elle exécuta avec mon maître une série de scènes, dans lesquelles celui-ci parut vouloir défendre sa vertu, qu'elle entendait ravir.

Elle le poussa avec vigueur sur le tapis, et l'attaqua avec une telle science, que Chrétien ne résista pas davantage, et vint mêler ses ébats aux leurs.

Oh ce que je fus volé ce jour-là !

Clotilde soutint son rôle jusqu'au bout avec une sûreté remarquable, et ses déhanchements lui donnèrent un tel relief, que son mari, après l'avoir dévorée de feuilles de roses, en jouit sur le dos de mon maître.

On ne me servit pas le moindre coin de conin.

Dans la joie de son triomphe, la méchante ne s'occupa plus de Julien, et enivra son mari de mille séductions irrésistibles qui ravivèrent ses forces.

L'ingrat Julien, dans une nonchalante paresse admira béatement la lascivité de cette maîtresse femme, dont il ignora à ses premières heures d'amour, toutes les ressources sensuelles.

Il ne songea pas à moi.

Un jeu aussi violent pouvait tuer Chrétien.

On ne le renouvela pas une seconde fois.

Les circonstances favorisèrent les intérêts de Clotilde, en lui fournissant un concours imprévu.

La demoiselle d'honneur de Marcelline, mademoiselle Berthe Verdier, celle qui, le soir des noces de mon maître, se fit baiser par lui, vint passer quelque temps à la campagne.

Elle gardait un si excellent souvenir de sa scène d'amour, qu'elle ne perdit aucune occasion de lui courir après.

Il l'eut constamment sur les talons, l'espionnant dans tous ses actes, et il lui devint difficile d'aller chez Clotilde aussi souvent que de coutume.

Notre chère amoureuse se montra un peu froissée de sa négligence, et lui écrivit cet impudent billet de reproches, dans lequel elle ne ménageait pas ses mots.

— Mon petit putain de Julien, lorsque trois culs vivent aussi unis que les trois nôtres, on ne les sépare pas. Reviens vite ou je te dénonce à ta femme. Ta baiseuse.

Julien remit au lendemain de déchirer l'épitre, et le lendemain elle appartenait à la charmante et peu scrupuleuse Berthe.

— C'est moi, dit-elle à mon maître, qui vous dénoncerai à Marcelline, si vous ne m'expliquez pas la signification de cette lettre.

Julien se défendit mal.

— À la façon dont nous nous sommes compris, vous savez, le soir de notre mariage avec votre cousine, vous devez m'accorder assez d'intelligence pour discerner ce que révèle une telle missive.

Il cacha la vérité ; et l'adoucit en prétendant que Clotilde avait une amie, et que les deux femmes partageaient leurs plaisirs avec lui.

— Je veux remplacer cette amie, conclut l'impitoyable Berthe.

Ô cette décharge de jadis, en voilà encore une qui menaçait de nous conduire loin !

— Je ne demande pas mieux, quant à moi, répondit Julien. Il nous faut cependant le consentement de madame Swenderberg.

— Si elle le refuse, je raconte tout à son mari.

De ce côte, mon maître ne nourrissait aucune appréhension. Mais par expérience, il savait combien il importait de se méfier des confidences intempestives ; il n'ignorait pas qu'une nouvelle affaire de mœurs, lui tombant sur les bras, serait plus cruelle que celle expiée si chèrement, et il ne possédait aucun enthousiasme pour retourner en prison.

— Je ne puis pourtant pas, objecta-t-il, vous imposer aux plaisirs de madame Swenderberg, sans l'en prévenir.

— Je vous accorde vingt-quatre heures.

C'était le salut.

Clotilde, femme experte, débrouillerait la situation.

— Bon, s'écria celle-ci, lorsque mon maître lui eut appris son histoire avec Berthe et les exigences qu'elle affichait, cette fillette veut jouer à la femme, on la servira selon ses désirs. Mène-la moi demain, je serai vêtue en garçon et je me charge d'elle. Ce sera bien le diable si elle ne me rend pas la lettre. Quelle drôle de lubie me traversa l'esprit de t'écrire ainsi !

Malgré l'assurance da sa maîtresse, Julien eut de la peine à chasser l'ennui qui le tourmentait.

Il ne lui répugnait pas de jouer un rôle de femme avec Chrétien, mais il tenait à ce que cela ne s'ébruitât pas avec une autre maîtresse que Clotilde.

— Sois tranquille, sois tranquille, répondit-elle à ses observations, nous conserverons pour nous ce secret. Je remplirai le rôle d'amant à l'égard de Berthe, et mon seigneur et maître trouvera peut-être là le nouvel aliment que je cherchais.

11
Madame est toute mouillée

Cette journée du lendemain fut pour moi la journée de compensations.

Deux gentils conins m'appartinrent sans que mon maître se prostituât.

Pour la première fois de mon existence, j'assistai à une fête de saphisme, car je ne pouvais considérer comme telles les scènes libertines de Julien, à la campagne, avec ses trois cousines.

Chacune des demoiselles Dieudesfois s'amusa avec lui, sans s'occuper des autres, et il en fut de même dans les visites qu'il reçut de Marcelline et d'Eucharis.

Ici la note changeait.

Jamais jusque-là, Clotilde ne songea à la possibilité d'éprouver du plaisir avec une femme.

L'occasion se présentait de connaître la saveur de ce fruit défendu ; elle n'hésita pas à la saisir.

Berthe Verdier, malgré toute l'audace qu'elle apporta à rechercher cette aventure, tremblait quelque peu lorsque, accompagnée de mon maître, elle arriva chez madame Swenderberg.

Elle portait une jolie toilette de campagne, toilette de jeune fille, seyant à ravir à sa chevelure rousse, à ses yeux bleus, à sa taille déliée, et elle produisit sur Clotilde la meilleure impression.

Celle-ci, costumée en jeune élégant, ainsi qu'elle l'avait annoncé, offrait un aspect si fripon, que de suite la glace disparut entre les trois acteurs de la scène qui se préparait.

— Oh, dit Clotilde dès qu'on se fut assuré de la solitude, je me souviens très bien de vous, Mademoiselle : Je vous avais remarquée au mariage de nos amis. Donc que votre trouble cesse, et ne voyez en moi qu'un amoureux tout prêt à rendre hommage à votre beauté. En faveur de l'amour, dont mon cœur ne demande qu'à vous prouver l'ardeur, je pense que vous ne garderez pas le petit papier qui me procure la joie de cette réunion.

— Le voici, Madame.

— Dites : « mon amoureux ».

— Mon amoureux.

Clotilde s'agenouilla pour recevoir la lettre et Berthe, la lui ayant remise, elle baisa fort galamment sa main.

— On jurerait, s'écria la jeune fille, que c'est pour de bon et que vous êtes réellement un cavalier.

— Je le serai tout à fait, n'en doutez pas.

— Vous remplissez mon âme d'aise, continua Berthe, tandis que Clotilde serrait ses deux mains dans les siennes, et j'ai une telle confiance en vous, que je n'hésite pas à vous demander pourquoi vous avez signé : « ta baiseuse. »

— Parce que je baise souvent Julien de cette façon, répondit Clotilde en tendant la lettre à mon maître pour qu'il la déchirât, et en retroussant Berthe pour y faire minette.

— Ah, ah, ah, murmura celle-ci ravit de la prompte tournure que prenait l'entrevue.

La vue de Clotilde habillée en homme, et ainsi accroupie entre les cuisses de Berthe commença à me chatouiller les nerfs, et j'asticotai mon maître pour qu'il se mêlât à la scène.

Clotilde devina le désir qui m'agitait, et, se tournant de notre côté tout en soutenant en l'air les jupes de Berthe, elle dit à Julien en lui montrant le ventre et les fesses de la jeune fille :

— Notre charmante amie est fort bien dotée sous le rapport des richesses féminines, je t'invite à la délecter de feuilles de roses, comme je la dévore de minettes. Nos langues se rencontreront par dessous, nous échangerons de temps en temps un baiser à la religieuse.

Julien se hâta de s'installer ainsi que l'indiquait Clotilde, et les deux langues marchaient à qui mieux mieux entre les cuisses et entre les fesses de Berthe, se rejoignant par moment pour se donner de légers coups de pointe qui révolutionnaient tout mon être.

Notre patiente flagellait sur ses jambes tant l'émotion la gagnait. Elle ne savait quelle contenance tenir, et s'abandonnait tantôt aux mains de Clotilde, tantôt à celles de mon maître, se la disputant pour la commodité de leurs caresses.

— Vous me tuerez, murmura-t-elle enfin.

Ses bras se raidirent, elle claqua des dents, un long frisson remua toute sa personne.

Clotilde et Julien s'arrêtèrent, et, se relevant, ils la conduisirent sur un sofa, où ils s'assirent chacun à l'un de ses cotés.

Les yeux de madame Swenderberg brillaient d'un très vif éclat.

Elle sourit, et baisant Berthe à l'oreille, elle dit, tout en regardant Julien :

— Le plaisir est vraiment exquis, et je comprends que vous aimiez ces caresses, Messieurs les hommes. Tiens, approche-toi, Julien, déboutonne mon pantalon, passe la main entre mes cuisses, tu verras que je suis toute mouillée.

— Non, non, pas lui, intervint Berthe tutoyant Clotilde, laisse-moi faire, cette faveur me revient.

Les boutons de la culotte furent rapidement décrochés, la chemise soulevée, et la main de Berthe glissa dans l'intérieur.

— Oh, tu as joui en me baisant, s'écria-t-elle : alors, tu as été réellement heureuse en me caressant ! à mon tour d'essayer.

Avant que Julien ne l'ait retenue, elle s'agenouilla entre les jambes de Clotilde, et sa langue courut au conin, à moitié caché encore par le pantalon.

Clotilde ferma à demi les yeux, s'abandonnant aux efforts de Berthe, qui bataillait à la déculotter de plus en plus, afin d'enfouir sa tête entre ses cuisses.

Mon maître, sans troubler le jeu des deux femmes, me sortit de toute sa longueur, très respectable en cet instant, m'admira dans ma majestueuse fierté, car je me tenais droit comme un grand I, et soupirant, il attendit qu'un mouvement de ses amies, l'engageât à se joindre à leurs plaisirs.

Assise à terre, Berthe était parvenue à tirer tout-à-fait le pantalon de Clotilde, et là dévorait de mimis.

Clotilde, étendant la main, me rencontra.

Elle me saisit, ouvrit les yeux, puis, me couchant à demi, s'arrangeant à ne pas troubler Berthe dans ses caresses, elle tendit les lèvres, et me toucha le gland. Peu à peu, elle se pencha davantage, et me suça tout à son aise.

Les joies du Paradis ne doivent pas égaler celles que nous éprouvâmes.

Mon maître caressait avec les doigts les cheveux de Clotilde, dont la tête reposait sur son ventre pour mieux me sucer. Berthe, refoulée, avait changé la nature de ses baisers, et passé des minettes aux feuilles de roses, s'acquittant à merveille de ces délicieuses caresses.

De temps en temps le cul de Clotilde se soulevait, s'abaissait, sous la sensation de la volupté, et, dessinant ses belles rotondités aux regards de Julien, me poussait à me gonfler au point d'en crever.

La fièvre augmentant d'intensité, on se dévêtit, sans s'en rendre compte, et dans un moment d'accalmie, les deux femmes s'asseyant en face l'une de l'autre sur les genoux de

Julien, ne se lassèrent pas de se pigeonner, s'amusant à m'asticoter, à m'enivrer de leurs attouchements.

Tour à tour, chaque conin, se tournant vers moi, me souriait, m'attirait, essayait de manger mon gland, puis me repoussait dès que je croyais l'heure venue d'avancer plus loin.

Elles multipliaient leurs baisers réciproques sur les seins, le ventre, les cuisses, le conin, les fesses, le trou du cul, se becquetaient sur tout le corps, se prêtaient aux caresses de mon maître, les lui rendant par intervalles, elles se plongèrent enfin dans les délices du soixante-neuf, et m'invitèrent à les baiser successivement dans cette douce position.

Je m'acquittai de ce cher devoir à leur entière satisfaction.

Clotilde se trouvait par dessus.

Je l'attaquai tout d'abord, et pénétrai dans son conin, les doigts de Berthe me chatouillant agréablement sous les parties, qu'elle me léchait par saccades, baisant ensuite le bouton de Clotilde, qui sous ma poussée, s'affaissait sur elle.

À peine eus-je déchargé, que la coquine de Clotilde, par un brusque mouvement, intervertit les positions, passa sous sa compagne, et s'écria :

À Berthe maintenant.

J'étais dans une telle effervescence, que je bandai de suite comme un Carme, et gratifiai le con de mademoiselle Verdier de la même quantité de sperme que celui qui l'avait précédé.

Ah, que d'embrassades et de caresses on se prodigua encore, tout en se rajustant.

On se quitta, enchantés de la séance, et en se promettant de la recommencer le plus souvent possible.

12

L'art du suçage

Hélas, nous touchions à l'apogée de mes plaisirs !

Il y eut bien encore quelques rendez-vous, où l'on me traita comme le méritait ma vaillance.

Puis, Clotilde les espaça pour mon maître sous le prétexte que son mari s'étonnait de ses visites où on ne l'admettait pas.

Berthe vint souvent seule chez les Swenderberg.

Je suppose que notre ancienne bonne amie joua avec la jeune fille le même rôle qu'elle joua dans le temps avec Julien, et qu'elle la livra à Chrétien.

Mon maître s'en serait certainement aperçu, mais juste à cette époque, l'état de Marcelline empira et donna de sérieuses inquiétudes.

La jeune femme se mourait.

Elle accoucha d'un garçon et succomba des suites de ses couches.

Julien ressentit un violent chagrin de cette mort.

Il comprit tout le vide qu'occasionnerait autour de lui son veuvage, il regretta de tout son cœur celle pour qui il subit la prison, et qui, épouse modèle, remplit scrupuleusement à son égard tous ses devoirs, avec la plus parfaite honnêteté.

Des remords naquirent dans son esprit pour ses escapades chez les Swenderberg, et devant le cadavre de celle qui n'était plus, il rougit du rôle honteux auquel il se prêta, tant en prison qu'avec Chrétien.

Sa douleur fut si vive que son oncle en fut ému et résolut de l'emmener voyager.

Cette nécessité s'imposait.

Un étrange phénomène se produisit en lui.

La douleur, jointe aux remords, provoqua, dans les jours qui suivirent, de véritables hallucinations, qui se dénouaient la nuit par des visions, au milieu desquelles apparaissait Myrtille.

L'abus des plaisirs sensuels amène parfois cette maladie de l'âme.

Certains philosophes avanceront que le fourreau s'usant, l'âme en sort plus facilement pour communiquer avec les amis perdus, et qui ne vivent plus qu'à l'état d'âmes.

Julien, s'éveillant en sursaut, apercevait Myrtille qui le contemplait avec tristesse et murmurait :
— Il n'y a sur terre qu'un seul amour vrai, et cet amour nous l'éprouvâmes l'un pour l'autre. Vas prier sur ma tombe.
— Myrtille, répondait-il dans un sanglot, je le sais et je le

sens, je suis indigne de toi. Tu n'ignores point les plaisirs qui souillèrent mon corps.

— Le corps n'est pas l'âme, mon amour. N'ai-je pas appartenu à ton ami Paul, alors que ma destinée était de n'appartenir qu'à toi !

— Je suis un être infâme !

— Tu es un être avide de sensations, tu rachèteras tout cela.

Julien voulait saisir dans ses bras le doux fantôme, et l'apparition s'évanouissait.

Longtemps plongé dans une demi-somnolence, avant de reprendre le sommeil, il entendait la voix bien aimée qui le réconfortait.

Cette voix me pénétrait jusqu'au moindre de mes nerfs et m'emportait dans un ravissement incompréhensible. Il me semblait que je m'égarais dans l'Immensité, noyé dans le joli conin de Myrtille.

Cependant sur le point de partir pour l'Italie avec Monsieur Dieudesfois, Julien eut la nostalgie des félicités vécues avec Clotilde et qu'il délaissait depuis plus de six semaines.

Berthe avait quitté la villa après la mort de Marcelline, mais pour s'installer chez ses parents devenus propriétaires dans les environs.

Ses assiduités avec les Swenderberg, loin de diminuer, s'étaient développées au point qu'elle habitait davantage chez Clotilde que chez elle.

Mon maître n'ignorait pas cette grande liaison, et il se rendit compte alors que sa maîtresse avait dû admettre sa nouvelle amie auprès de son mari.

Il eut comme une bouffée enragée de désirs amoureux, et il décida de vivre dans une dernière séance, tous les plaisirs ressentis. Adieu les remords, adieu la douleur, adieu les hallucinations !

Il se présenta chez Clotilde, animé de ces libertines dispositions, et celle-ci devinant ce qui s'accomplissait dans son esprit, lui dit :

— Tu nous reviens ?

— Je pensais que vous ne m'aimiez plus, et que Berthe me remplaçait dans ta maison !

— Elle ne saurait te faire oublier. On nous a annoncé ton prochain départ. Est-il réel ?

— Oui. Et avant de partir, je veux emporter de vous un souvenir impérissable.

— Nous ne nous reverrons donc plus ?

— J'ai peur de la mort.

— Tu es un enfant. Berthe est ici.

— Tu la partages avec Chrétien ?

— Je tiens à ce qu'il jouisse.

— Je te garde pour moi aujourd'hui, tu lui donneras Berthe.

— Non : nous nous amuserons tous les quatre ensemble.

— Y penses-tu ?

— Ne t'inquiète de rien : nous serons en furie érotique, et si Chrétien s'oublie à ton égard, nous l'imputerons à notre excitation générale. Suis-moi. Je vais te costumer en femme, et notre entrée dans le salon produira le meilleur effet.

Cette dernière honte m'était réservée.

Il était écrit que je viderais le calice jusqu'à la lie, et que des jupes de femme cacheraient mes nobles attributs !

Je me résignai à mon sort.

La philosophie naît des épreuves.

Clotilde, tandis que mon maître se déguisait, fit de même, et s'habilla en homme.

Tous les deux prêts, ils apparurent au salon, bras dessus bras dessous, et surprirent Berthe sur les genoux de Chrétien qui lui chatouillait le conin.

Un peu interdite d'abord, Mademoiselle Verdier reprit tout son aplomb, courut embrasser Clotilde et mon maître, en disant :

— Plus on est de fous, plus on s'amuse, nous allons nous en fourrer jusqu'aux oreilles.

Cette petite avait le diable au corps.

— Julien reste à dîner, répondit Clotilde ; il nous consacre sa soirée, donc le temps nous appartient.

Frappée tout à coup d'une idée subite, elle poussa mon maître vers Chrétien, et ajouta :

— Je vous amène votre femme, mon cher, notre amie Julienne, moi je reste le mari de Berthe.

Sous sa robe, mon maître n'était pas trop mal, et les yeux de Chrétien pétillèrent.

Il répondit, en envoyant les mains sous les jupes de cette soi-disant femelle :

— L'idée est drolatique et je l'accepte.

Clotilde sauvait, à tout hasard, la situation aux yeux de Berthe, qui s'écria :

— Vive cette bonne farce.

On causa quelque peu, et l'heure du dîner survenant, on se mit à table.

Les conversations très épicées excitèrent de plus en plus les convives.

Clotilde, malgré le cynisme qu'elle affectait, me poussait toujours à un bandage effréné.

Au dessert, on congédia les domestiques et on poussa les verrous.

Berthe pria mon maître de lui faire minette sous la table.

— Les jupes me gêneront, observa-t-il.

— Les miennes me gênent-elles pour t'offrir mes cuisses, répliqua l'enragée créature.

Clotilde, dont Julien ne cessait de presser le genou, devina le désir que je nourrissais à son sujet et intervint en ces termes :

— Changeons de femme, l'aventure sera plaisante. Je prends Julienne, et je te passe Berthe.

— Berthe a un très joli talent de suceuse, répondit Chrétien, va pour le changement, à condition qu'elle me sucera.

Clotilde voulut-elle démontrer qu'elle possédait à fond, aussi bien que Berthe, l'art du suçage, elle s'agenouilla entre les cuisses de mon maître, s'empara de ma chère personne et l'enferma toute entière dans sa bouche.

— Duo de suçage, observa Chrétien.

— Non pas, protesta Clotilde, je ne suce pas, je fais mimi, puisque c'est une femme, et que je suis un homme.

— Mimi, si cela te plait, mais notre chassé-croisé de femmes remet les choses en leur état naturel.

— Tu as raison, dit Clotilde en se levant et en se déshabillant, je veux être femme pour lui.

— Puisque tu donnes l'exemple, que tout le monde t'imite, et gare l'enfilage des culs.

Les deux couples se trouvèrent bientôt nus, et se lancèrent réciproquement des regards très concupiscents.

Je bandais ferme, et méritais l'admiration de tous.

Le priape de Chrétien s'affichait de son côté dans de très vaillantes idées.

— Enfilons-nous tous, s'écria son heureux possesseur.

— Comment cela, interrogea Berthe ?

— Ne sais-tu pas manipuler le godemiché ?

— Oh si, oh si, vous me l'avez assez enseigné pour que je ne l'oublie pas.

— Et bien, dit Clotilde, je me dévoue pour soutenir tout l'échafaudage. Julien me plantera son amour de queue dans les fesses ; toi, Berthe, tu lui planteras le godemiché au milieu des siennes, après l'avoir ajusté à ton ventre ; et Chrétien mettra sa queue dans le trou de ton cul.

— Bien, bien, bien imaginé ! En avant la musique : commencez, je serai vite prête.

Ô le cul de Clotilde, je l'adorai encore une fois dans toute sa splendeur avant de m'y enfoncer.

N'étaient-ce pas mes adieux que je lui adressais !

Qui m'assurait que je le reverrais jamais.

Il me fêta gentiment, comme s'il eût lu les pensées qui traversaient mon gland. Il entr'ouvrit toute sa fente pour m'en exhiber les divines sensualités, et petit à petit, avec mille raffinements, je pénétrai dans le trou.

Berthe, placée derrière mon maître, le pelota d'abord, puis le claqua, et enfin darda son godemiché dans les fesses, poussée par Chrétien qui l'attaquait.

Les trémoussements coururent des uns aux autres.

Les queues naturelles et la queue factice combattirent avec un merveilleux ensemble. La chaîne ne tarda pas à se souder de façon absolue.

Clotilde, qui supportait la colonne, tiraillée à droite, tiraillée à gauche, au milieu des secousses qui agitaient son monde, rompit la file, s'échappa de dessous mon maître, et courant comme une folle, vint sauter à cheval sur le dos de chacun.

— Hue dada, hue dada, s'écria-t-elle, que le foutre coule sur votre dos et vous noie de délices !

Mais le foutre était si bien entré, grâce à mon échauffement, que pas une gouttelette n'humectait les chairs de la belle diablesse.

On la jeta à terre sur le côté, on la flanqua sur le ventre, et Berthe et Chrétien la fessèrent dru.

— Oh, les méchants, les méchants, gémit-elle. Julien, défends-moi.

Mon maître, sur les genoux, saisit Berthe aux mollets et les mordit.

— Aïe, clama celle-ci, oh, le vilain, tiens pour toi.

Et elle lui allongea un coup de pied dans les fesses.

Clotilde, dégagée, se releva prestement, et se sauvant, cria :

— Au cabinet de toilette.

Tout le monde l'y rejoignit, et on se retrouva en état de commettre de nouvelles fredaines.

On se réinstalla à table, et les couples, à ma grande joie, restèrent tels que le troc les avait fixés : ils furent naturels.

Pendant que mon maître mangeait, j'échangeai quelques propos d'amour et de regret avec le gentil conin de Clotilde.

— Adieu, mon joli con, je vais te quitter ; qui sait s'il nous sera permis de fêter de nouveau ensemble le divin dieu Cupidon !

— Adieu, mon vaillant queuquetton, je me souviendrai toujours de foi et je te regretterai plus d'une fois.

— Toute la vie, la soirée de ce soir sera gravée dans ma mémoire, et je veux tant et tant te baiser, que tu en conserveras toujours dans tes molécules l'essence de ma virilité.

— Je te serrerai si fort entre mes lèvres, et t'imprégnerai une telle chaleur, que tu en pleureras en foutant un autre conin.

L'exercice de la chaîne des culs avait brisé ce pauvre Chrétien. Il lutinait Berthe pour la forme, et celle-ci ne dissimulait pas sa crainte d'être mal servie.

J'en eus pitié, excitai mon maître à la peloter, ce qu'il s'empressa de faire.

— Parfait, parfait, s'écria Chrétien, tu es plus jeune mon fiston, prends-les toutes les deux, ça m'amusera de vous voir travailler, moi je digère.

Clotilde et Berthe, comme si elles n'eussent attendu que cette parole, s'enlacèrent par le cou et se becquetèrent les lèvres, tandis que mon maître les caressait de la main et de la bouche.

— Hein, dit Chrétien s'adressant à sa femme, te rappelles-tu la première fois que, grâce à notre ami Julien, je vis ton joli cul. Qui se doutait alors qu'il nous unirait tous de telle façon ?

Tout le passé s'éveilla dans le cœur de mon maître ; il se remémora cet ancien amour, et embrassant les fesses de Clotilde, qui les présentait en ce moment, il dit avec mélancolie :

— Je croyais bien que je serais toujours le seul à en jouir !

— Bast, répliqua Clotilde, le plaisir est le plaisir, et tu t'es assez amusé avec nous, pour ne pas regretter une possession égoïste. Admire le cul de Berthe comme tu admires le mien. L'un et l'autre ont leur beauté particulière, et si j'étais restée pour toi seul, tu n'en aurais peut-être jamais vu un autre. Il n'y a de bon dans la vie que la jouissance d'amour, et il faut se la procurer aussi ardente et aussi variée que possible. Fais-moi feuilles de roses pour me prouver que tu l'aimes encore.

Mon maître obéit, et les deux jeunes femmes alternativement tournèrent devant lui, pour qu'il les léchât chacune à leur tour.

Chrétien s'endormit.

Clotilde jeta les bras autour du cou Julien et ils roulèrent sur le tapis.

Ils se prirent comme des enragés, ne s'occupant pas de Berthe, qui les contemplait en se caressant du doigt le bouton, à demi pâmée.

— Ainsi tu es bien décidé à partir, à nous fuir, murmura Clotilde au milieu des spasmes de la jouissance !

— Oui, ou je perdrais la raison.

— Tu nous regretteras, mon pauvre cher : la volupté dédaignée se venge en se dérobant lorsqu'on la recherche à nouveau.

— La vie est un regret perpétuel.

— Aurais-tu sincèrement aimé d'amour une autre femme, Julien ?

— Je ne le saurai que lorsque je ne serai plus.

— Oh, pars, pars, tu deviens, en effet, élégiaque et nos caresses finiraient par te lasser.

13

Nous partîmes.

Et ma vie active, ma vie de plaisirs continuels, n'eut plus de lendemain.

Quelques mois après, en Italie, Julien épousa la seconde fille de Dieudesfois, la belle Mademoiselle Jane, et nous rentrâmes dans la vie banale des gens mariés.

J'eus toutes les nuits ma ration avec le conin de la femme de mon maître et je ne pensai plus aux autres.

Puisse le récit de cette confession vous apprendre, ô priapes mes chers frères, à vous défier des fantaisies de la Grande Oie ; elles conduisent les hommes à toutes les compromissions sexuelles.

Baisez et enculez, c'est là noble et belle besogne.

Mais, si vous poussez votre maître à lécher un conin, vous contribuerez à répandre le saphisme et par contrecoup, une heure sonnera où le trou du cul, votre voisin, réclamera sa part de volupté.

Or, un homme doit baiser et ne doit pas être baisé, sachez-le, et que ma bénédiction vous accompagne dans toutes vos victoires.

Table des matières

www.grandsclassiques.com

ISBN ebook : 9782512008484
ISBN papier : 9782512009689
Dépôt légal : D/2018/12603/140

Couverture : © Hélène Massart

Conception numérique : Primento, le partenaire numérique
des éditeurs